Aygen-Sibel Çelik

Für meine Eltern

Mit großem Dank für das Arbeitsstipendium für Schriftsteller
2006 des Hessischen Ministeriums für Wissenschaft und Kunst

Der Name der Moschee sowie alle Personen- und Straßennamen
sind frei erfunden bis auf Leipziger Straße und Hülya-Platz.

Alle Urheberrechte, insbesondere das Recht der Vervielfältigung, Verbreitung und öffentlichen Wiedergabe in jeder Form, einschließlich einer Verwertung in elektronischen Medien, der reprografischen Vervielfältigung, einer digitalen Verbreitung und der Aufnahme in Datenbanken, ausdrücklich vorbehalten.
Copyright © 2007 by Verlag Carl Ueberreuter, Wien

© für die Taschenbuchausgabe:
1. Auflage, Kempen 2014
© 2014 BVK Buch Verlag Kempen GmbH, Kempen

Bibliografische Information der Deutschen Bibliothek
Die Deutsche Bibliothek verzeichnet diese Publikation in der Deutschen Nationalbibliografie; detaillierte bibliografische Daten sind im Internet über http://dnb.ddb.de abrufbar.

www.buchverlagkempen.de

Nach der neuen deutschen Rechtschreibung

Umschlaggestaltung: Christine Anuschewski, BVK, unter Verwendung der Bilder:
© Willyam Bradberry / Shutterstock.com (Frau), © SELDAU / Shutterstock.com (Ranke oben / Innenteil), © Panteleeva Olga / Shutterstock.com (Ranke unten)
Gestaltung: Christine Anuschewski, BVK
Druck / Bindung: GrafikMediaProduktionsmanagement, D-Köln

Printed in Europe

Best.-Nr.: LI76, ISBN 978-3-86740-497-6

Aygen-Sibel Çelik

Seidenhaar

Schwarze Verheißung

»Sinem, zeige Belgin das Bad«, sagte meine Mutter. Ihre hochgezogenen Augenbrauen bedeuteten, dass ich es ja nicht wagen sollte, »meinen Unwillen darüber zu zeigen. Auch nicht im Geringsten!«. Meine Mutter dachte bestimmt, dass ich wieder einen stichelnden Kommentar abgeben würde. Sie kannte meine Einstellung zu den *schwarzen Fatmas** und schimpfte, dass ich sie so nannte. Na und? Schließlich sahen die ja auch aus wie Kakerlaken, fand ich. Ausgerechnet ich musste eine schwarze Fatma zur Cousine haben! Schwarz verschleiert von oben bis unten. Dabei dachte ich immer, dass in unserer Familie nur meine Oma ein Kopftuch trägt.

An diesem Tag sah ich Belgin zum ersten Mal in meinem Leben. Sie war zwanzig. Fünf Jahre älter als ich. Sie war die Tochter meiner Tante mütterlicherseits, doch sie lebte mit ihrem Mann in England. Deswegen hatte ich sie nie im Urlaub in der Türkei kennengelernt. Dass sie allein reiste, irritierte mich. Das konnte ich mir bei einer schwarzen Fatma gar nicht vorstellen.

Ich gab ihr ein Handtuch und eines zum Abtrocknen für die Füße. Das Waschritual vor dem Gebet auf dem Teppich kannte ich gut. Ich hatte es im Türkischunterricht in der Schule gelernt und meine Mutter hatte es mir auch mal gezeigt. Obwohl sie selbst nur ganz selten betete, kannte sie sich in religiösen Dingen gut aus.

* Die hervorgehobenen Wörter werden im Glossar erklärt.

Als Belgin mit hochgekrempelten Ärmeln und barfuß aus dem Bad kam, versuchte ich zu lächeln. Nur so, um zu sehen, wie sie reagiert. Sie sah mich kurz an, lächelte zurück und murmelte weiter ihr Waschgebet. Ich gebe zu, diese Belgin – oder ihr dunkler Schleier? – ist ja auch egal – reizte mich irgendwie.

»Hier kannst du beten«, sagte ich und öffnete die Tür zum Schlafzimmer meiner Eltern.

In mein Zimmer wollte ich sie nicht lassen, obwohl das meine Mutter lieber gesehen hätte. Ich weiß nicht, plötzlich hatte ich Lust, gemein zu sein. Auffällig lange wühlte ich im Schrank. Dann gab ich ihr ausgerechnet ein mit bunten Muscheln und Fischen bedrucktes Strandtuch.

»Leider haben wir keinen Gebetsteppich«, sagte ich, obwohl ich genau wusste, dass meine Mutter für alle Fälle irgendwo einen aufbewahrte.

»Danke«, sagte Belgin. »Na, zum Glück habe ich meinen *Rosenkranz* dabei!« An ihrem Lächeln sah ich sofort, dass sie mich durchschaut haben musste.

Und wenn schon, dachte ich und wollte schnell das Zimmer verlassen.

Da begann Belgin plötzlich sämtliche Fotos und Bilder umzudrehen und abzuhängen, die vor ihr auf dem Schminktisch standen und an der Wand hingen. Ich wusste, dass sie das tat, um im Gebet nicht abgelenkt zu werden, und trotzdem ärgerte es mich. Wie konnte sie es wagen, ungefragt das Zimmer meiner Eltern umzuräumen? Noch während ich überlegte, was ich darauf sagen oder tun könnte, schwang sie das Strandtuch quer vor die Tür. Mit dem Rücken zu mir stellte sie sich auf das eine

Tuchende. Dann, ohne irgendeine Vorwarnung, legte sie ihre Hände auf die Brust und begann mit ihrem Gebet. Klasse! Diese dumme Ziege hatte mich eingesperrt. Ganz bewusst, da war ich mir sicher. Hätte ich versucht, hintenherum an ihr vorbeizukommen, hätte ich sie mit Sicherheit umgestoßen. Vorne war zwischen Schminktisch und Strandtuch zwar genügend Platz, aber ich wusste, dass man Betende nicht stören durfte. Schon gar nicht, indem man ihre *Gebetsrichtung* durchquerte. Bestimmt wollte sie mich testen, ob ich es wagen würde.

Selbst ich würde das nicht tun. Was dachte die denn? Typisch. Für verschleierte Frauen waren alle unverschleierten Ungläubige oder Gotteslästerer. Das hatte ich schon ein paarmal erlebt. Mir blieb also nichts anderes übrig, als mich auf das Bett meiner Eltern zu setzen und Belgins umhüllten Körper zu beobachten. Konnte sie nicht wenigstens dieses Schaukeln lassen? Und warum musste sie so hörbar nuscheln? Betete sie für mich oder für *Gott?* Schon bald musste ich gähnen und wurde schläfrig. Als sie kniend ihren Oberkörper nach vorne beugte, verschwamm ihr Bild vor meinen Augen. Belgin wurde zu einem schwarzen Loch mitten auf dem bunten Strandtuch im Schlafzimmer meiner Eltern.

Endlich! Nach ungefähr zehn Minuten, in denen Belgin mehrmals aufgestanden war, sich verbeugt hatte, um sich dann wieder hinzuknien und die Stirn auf den Boden zu führen, dachte ich, sie sei endlich fertig. Von wegen! Ich hatte ganz vergessen, dass sie ja noch den Rosenkranz abzählen musste. 99 Perlen und bei jeder einzelnen musste sie ein arabisches Gebet aufsagen! Enttäuscht sank ich

wieder auf meinen unfreiwillig ausgewählten Daunensitz-
platz und gab mich dem Rhythmus ihrer Bewegungen _movement_
hin.

Irgendwann stoppte das öde Gemurmel. Schlagartig
schlug ich die Augen auf. Ich musste wohl eingenickt sein.
Belgin hatte sich umgedreht und schaute zu mir herauf.

»Fastest du eigentlich?«, fragte sie mich plötzlich, als hätte
sie das eben mit Gott so besprochen. Komischerweise
ahnte ich sofort, in welche Richtung dieses Gespräch gehen würde.

»Wie?« Ich tat so, als hätte ich nicht verstanden. Ich wollte Zeit gewinnen. Auf keinen Fall durfte ich jetzt etwas
Dummes sagen.

»Na, ob du bald im *Ramadan* fasten wirst?«, fragte sie
ruhig.

Ich wusste, dass ich das Gespräch mit einem einfachen
Nein sofort beenden konnte. »Nein, wieso sollte ich?«,
sagte ich stattdessen und ärgerte mich sofort darüber. _instead_
Suchte ich Streit? Warum musste ich diese Fatma provo-
zieren?

»Weil Gott es so will! Man fastet nicht für sich selbst,
sondern für ihn«, sagte sie in einem gebieterischen Ton.
»Ich glaube nicht, dass Gott will, dass ich für ihn hun-
gere!«, rutschte es mir heraus. Ich sah, wie Belgin sich
zusammennahm, um die Fassung nicht zu verlieren. Bestimmt hatte ihr jemand eingebläut, bei Diskussionen
immer schön ruhig zu bleiben. Ich konnte es mir richtig
vorstellen, dass sie in Fanatiker-Kreisen verkehrte, die alle
Ungläubigen bekehren wollten. Ja, sie war bestimmt eine
Fundi.

»Du redest nur so, weil du offensichtlich nichts über unsere Religion weißt«, sagte sie betont sanft. »Du solltest ein wenig recherchieren. Ich kann dir gerne …«

Ich ließ sie nicht ausreden. Mich konnte sie nicht missionieren! »Nein danke. Ich weiß genug. Wie kommst du überhaupt darauf, dass ich nichts über Religion wüsste?« Die Wut erreichte meinen Magen und mir wurde heiß.

»Dann weißt du nicht das Richtige, meine Liebe. Die Wahrheit kannst du nicht verändern«, triumphierte sie lächelnd.

In diesem Moment wünschte ich mir, dass auch mir jemand beigebracht hätte, wie ich meine Gefühle verbergen könnte. »Von welcher Wahrheit sprichst du überhaupt?«, fauchte ich empört. Jetzt übertraf ihr scheinheiliges Lächeln schon das der Mona Lisa. Na klar! Das war der Punkt, an den sie mich von Anfang an hatte bringen wollen.

»Gottes Weg ist nur einer. Gott hat ihn vorgeschrieben. Du darfst dich dem nicht widersetzen!« Sie legte ihren Rosenkranz auf das Strandtuch, als hätte sie ihr Gebet, ihren Dienst an Gott, erst mit diesem letzten Satz vollendet. Sie stützte sich auf Mutters Schminktisch und stand auf.

Nein, du Hexe, das Gespräch ist noch nicht beendet, dachte ich. Nie im Leben konnte ich sie so gehen lassen. »Wie kommst du darauf, dass du bestimmen könntest, was ich tun soll und was nicht?«

Sie sagte nichts. In meine Augen starrend öffnete sie ihren Schleier, schüttelte ihn, als ob sie meine Worte abschütteln wollte, und verschloss ihn wieder mit einer Nadel.

»Schon gut, schon gut.« Sie lächelte kurz. »Du bist eben noch nicht so weit!«

Sie verließ das Zimmer und ließ mich gelähmt vor Wut stehen. So jemand war meine Cousine. O Gott!

Später, beim Abendessen mit meinen Eltern, taten wir beide so, als sei nichts gewesen. Komisch, normalerweise kannte ich das nur von Meli, meiner besten Freundin, dass wir uns manchmal beide einig sind und wissen, was zu tun ist, ohne darüber gesprochen zu haben. Ich hoffte still, dass Belgin bald wieder verschwand. Zum Glück war es dann auch so. Sie blieb nur übers Wochenende und reiste am Sonntagmorgen nach dem Frühstück wieder ab. Sie hatte ihren Besuch zwar angekündigt, aber nicht gesagt, wie lang sie bleiben wollte. Unverschämt, fand ich. So schnell, wie sie aufgetaucht war, wollte ich sie auch wieder vergessen. Aber schon am nächsten Morgen in der Schule sollte ich noch einmal an sie denken. Seltsam war es nämlich schon, dass Frau Müller, unsere Klassenlehrerin, in Gesellschaftslehre ausgerechnet das Thema Kopftuch behandeln musste.

Aus aktuellem Anlass

Am Montag ging ich gleich nach der Schule nach Hause. Nach der Kopftuch-Diskussion bei Frau Müller war ich ganz schön fertig. Warum hatte ich mich so hineinsteigern müssen? Vielleicht lag es an Belgin, dieser dummen Ziege, die mich am Wochenende nur genervt hatte? Verdammt. Warum drehte sich plötzlich alles um Kopftücher und Schleier? Und warum hatte ich seit der Diskussion dieses dumpfe Gefühl im Magen? Zu Hause trödelte ich herum. Ich wurde erst spät mit den Hausaufgaben fertig. Na ja, nicht ganz. Ich musste noch die Nachrichten schauen und sie protokollieren. Für GL. Fast in jeder Stunde fragte Frau Müller irgendwen ab, was in der Welt geschehen war. Ich stopfte mir eine Handvoll Chips in den Mund. Während ich mühevoll kaute und gleichzeitig im Fernseher herumzappte, dachte ich an die noch halb volle Chipstüte. Ich hasste es, dass ich immer alles leer essen musste, was ich zwischen die Finger bekam. Trotzdem konnte ich nicht aufhören, die Chips in mich hineinzufüllen. Mist, die erste Nachricht hatte ich verpasst. An dem Gesichtsausdruck der Nachrichten-Frau versuchte ich abzulesen, ob es sich wohl um eine wichtige oder weniger wichtige Meldung gehandelt hatte. Vergeblich. Sie liest immer die grausigsten Nachrichten vor und man sieht nie, dass es ihr irgendwie leidtut. Ich starrte in ihr Gesicht und hoffte auf eine Gefühlsregung. Nichts. Wie Canan!, dachte ich plötzlich. Mir fiel ihr Blick an der Tür zum Klassenzimmer ein. Am Ende der GL-Stunde, bevor sie gegangen war, hatte sie sich nach mir umgedreht und mich so eigenartig angesehen. Völlig ausdruckslos. Warum nur fühlte ich mich so mies?

»Seit heute steht es fest: Hessische Beamtinnen dürfen kein Kopftuch tragen. Der hessische Landtag hat das bisher strengste Verbot erlassen. Niedersachsen, Baden-Württemberg und das Saarland hatten bereits mit einem Kopftuchverbot für Lehrerinnen auf das Urteil des Bundesverfassungsgerichts reagiert. Hessen zieht jetzt mit einer Ausweitung des Verbots auf alle Beamtinnen nach. Christliche und jüdische Symbole sollen erlaubt bleiben ...«

Was? Ich drückte schnell auf den Lautstärkeregler. Das war doch kein Zufall? Jetzt war das Kopftuchverbot also auch bei uns durch. Das musste man ihr lassen, Frau Müller war immer auf dem aktuellen Stand. Warum sonst hatten wir gerade an diesem Tag über das Kopftuch-Thema diskutiert? Canan!, dachte ich wieder. Was sie wohl gerade machte? Bestimmt hatte sie die Meldung auch gehört. Klar, sie musste ja auch Hausaufgaben machen. Jetzt konnte sie es vergessen, Lehrerin zu werden. Na ja, jedenfalls mit Kopftuch. Eigentlich hatte die Diskussion in der Schule nur zwischen uns beiden stattgefunden. Wir hatten uns ganz schön in die Haare gekriegt.
Während ich versuchte, die Nachrichten so wortgetreu wie möglich aufzuschreiben, griff ich immer wieder in die Chipstüte. Als nur noch Krümel drin waren, schüttete ich sie alle auf einmal in mich hinein.
Warum nur musste ich immer an diese blöde Canan denken? Ihr Pech, dachte ich. Wenn es stimmte, dass sie

keiner zwang das Kopftuch zu tragen, dann konnte sie auch darauf verzichten. Ich meine, wenn es ihr wirklich so wichtig war, Lehrerin zu werden. Das hatte sie zumindest bei der Diskussion behauptet. Ich riss eine Tafel Nugat-Schokolade auf und brach gleich eine ganze Reihe ab. Mir konnte Canan nicht weismachen, dass sie das Ding gern trug. Ich meine, dass sie wirklich Spaß daran hatte. Nein, bestimmt nicht.

An diesem Abend legte ich mich gleich nach den Nachrichten ins Bett. Ich wälzte mich hin und her, doch ich konnte einfach nicht einschlafen. Die Kartoffelchips und die Tafel Schokolade lagen mir schwer im Magen. Und das komische Canan-Gefühl auch. Ich musste Meli anrufen.

»Hi, ich bin's.«

»Hi, Sinem! Was ist?«

»Weiß nicht, ich konnte nicht einschlafen.«

»Ach so. Hey, das war heute mal eine echt coole GL-Stunde. Du hast es der Canan richtig gegeben!«

»Was?« Mir wurde übel. »Wieso hab ich's ihr gegeben?«

»Na, die hat doch erst so groß herumgetönt, dass sie das Kopftuch freiwillig trägt und so. Nach deiner Rede konnte die kein Wort mehr sagen!«

»Meli! Ich hab doch nur meine Meinung zu dem Thema gesagt. Ich hab ihr doch nichts getan!«

»Ja klar! Ich mein ja nur. Jedenfalls waren deine Argumente klasse! Ich glaube, Frau Müller war richtig beeindruckt.«

Nein. Ich konnte mit Meli nicht über mein seltsames

Gefühl sprechen. Ich weiß nicht, was ich mir von dem Gespräch erhofft hatte. Jedenfalls tat es mir gar nicht gut, dass Meli meine Diskussionsbeiträge so bewunderte. Ich fühlte mich jetzt noch schlechter. Meli hätte bestimmt ewig über diese blöde Diskussion in der Schule reden können. Ich musste das Gespräch beenden, bevor es noch dazu kam, dass ich mich übergeben musste.

»Sag mal, hatten wir heute was in Mathe auf?«

Die Ausrede, dass ich irgendwelche Hausaufgaben total vergessen hatte, funktionierte. Ich legte auf.

Allein

Warum sind die Straßen bloß so leer? Wie spät ist es? Canan weiß es nicht, sie weiß nichts mehr. Ihr ist kalt. Nach der Schule ist sie einfach losgelaufen. Ohne Ziel, ohne eine Vorstellung, was sie jetzt tun soll. »Wie komme ich hierher?« Irgendwie ist Canan wieder in der Schule gelandet. Sie sieht sich um. Nur noch ein paar Schüler hängen da rum. Es müssen die Muttersprachler sein. Montags haben die Italiener noch am späten Nachmittag Unterricht. Sie zögert ein bisschen, geht dann in ihre Klasse. Ein Stuhl liegt auf dem Boden. Jemand hat seinen Handschuh vergessen. Canan öffnet ihre Fäuste und spürt, wie tief sich ihre Fingernägel in ihr Fleisch gebohrt haben. Sie fühlt sich bloßgestellt, allein. Auf der Tafel sind noch die verblassten Zeugen der letzten GL-Stunde zu sehen. Frau Müller hatte sie weggewischt, als hätten sie mit dem Ende der Stunde ihre Bedeutung verloren: »Kopftuch in der Schule. Pro und Kontra«. In Canans Kopf ist nichts verblasst, nicht ein Wort!

»Du kannst mir doch nicht erklären, dass du das Kopftuch freiwillig trägst. Aus religiöser Überzeugung, von wegen!« Sinems Worte hallen in ihrem Kopf. »Außerdem willst du doch nur Lehrerin werden, um dann die Schüler auf eure Seite zu ziehen!« Wie hatte sie ihr nur so etwas unterstellen können? Sinem, diese blöde Kuh! Sie ist so dumm! Canan stellt sich vor, wie sie ihr eine Ohrfeige gibt. Nein. Das ist nicht ihr Niveau. Aber sie wird es ihr noch heimzahlen. Allen wird sie's heimzahlen. Irgendwie.

Nach einer schlechten Nacht

Am nächsten Morgen hatte ich verschlafen. Ich hatte irgendwas geträumt, konnte mich aber kaum daran erinnern. Ich fühlte mich einfach nur schlecht. Dienstags hatten wir ausgerechnet GL in der ersten Stunde. Ich durfte nicht zu spät kommen, musste also umschalten auf mein Notprogramm. Ich verzichtete darauf, meine Haare zu waschen, band sie schnell zu einem Pferdeschwanz zusammen und zog dieselben Sachen an wie gestern. Das sparte ganz schön viel Zeit. Oft genug hatte ich das schon ausprobiert. Obwohl ich mich mit den ungewaschenen Haaren total unwohl fühlte und wusste, dass das ein Grund für einen vermasselten Tag war, schaffte ich es immerhin gerade noch rechtzeitig in die Schule. Wenn ich etwas hasste, dann war es Stress.

Ich setzte mich schnell auf meinen Platz und musste mich erst einmal erholen. Frau Müller war gerade dabei, die Anwesenheitsliste durchzugehen. Ich war wohl schon dran gewesen. Sie nickte kurz und trug mich ein. Zum Glück machte sie kein Theater aus meiner kleinen Verspätung.

Meli schubste mich an. Das war ein »Guten Morgen« und ein »Was war denn los?« zugleich. Ja, was war eigentlich los? Was hatte ich verdammt noch mal geträumt? Ich konnte mich immer noch nicht erinnern. Da war nur ein dunkles Bild, rot und schwarz. Etwas Verschwommenes huschte vor meinen Augen. Ein Gesicht? Mein Gefühl sagte mir, dass ich es kannte, aber ich konnte ihm keinen Namen geben.

»Canan Zambak?«

Ich schreckte zusammen. Frau Müller sah von ihrer An-wesenheitsliste auf und streckte suchend den Hals. Ich drehte mich um. Canans Platz war leer. Irgendwie war ich enttäuscht. Komisch, das kannte ich gar nicht von mir. Canan war mir doch bisher ziemlich egal gewesen.

Auch Frau Müller war enttäuscht. »Schade, dass sie nicht da ist. Ich hätte heute gerne die Diskussion mit euch fort-geführt. Gerade jetzt, wo das Kopftuchverbot auch in Hessen durch ist.« Warum schaute sie ausgerechnet mich dabei an? Ich hatte gar keine Lust, irgendwas zu dem Thema zu sagen. Alles, was man dazu sagen konnte, war doch am Tag zuvor gesagt worden!

»Oh, jetzt habe ich ja schon fast die Hausaufgaben vor-weggenommen«, sagte Frau Müller. »Wer mag heute berichten?«

Keiner meldete sich. Ich betete. »Bitte, bitte, lieber Gott, bitte nicht ich.« Verzweifelt versuchte ich den Blicken von Frau Müller auszuweichen. An jedem anderen Tag hätte ich einfach meine Haare ins Gesicht fallen lassen und mich unsichtbar gemacht. Aber mit dem Pferdeschwanz konnte ich das ja nicht. Schließlich tat ich so, als ob mir plötzlich etwas Wichtiges eingefallen wäre und ich jetzt deswegen in meiner Tasche wühlen müsste.

Es klappte. Gott sei Dank kam ich nicht dran. Aber Meli. Sie wiederholte die Meldung fast Wort für Wort genau so wie die Nachrichten-Frau. Doch Frau Müller reichte das nicht, dass man einfach alles wortwörtlich zitierte. Sie wünschte sich immer noch einen Kommentar und wollte wissen, was die Nachricht bedeutete. »Na, dass man jetzt auch in Hessen kein Kopftuch tragen darf«, sagte Meli. »Lehrerinnen und Beamtinnen«, ergänzte Frau Müller.

Ich wollte die Augen verdrehen, ließ es aber lieber, um nicht aufzufallen. Die arme Meli! Frau Müller ließ nicht locker. Jetzt musste Meli auf ihre provokanten Fragen antworten.

»Aber wie sieht es mit der Glaubensfreiheit aus, wie sie im Grundgesetz verankert ist? Hat nicht jeder das Recht, seine Religion so auszuleben, wie er es für richtig hält?«

Meli zuckte mit den Schultern. »Ja, aber ich finde, was Sinem gestern auch gesagt hat, dass ein Kopftuch nicht nur was mit Religion zu tun hat. Ich meine, da ist auch was Politisches dabei.«

»Aha!«, sagte Frau Müller. »Aber können wir das einfach so voraussetzen? Was meint ihr?« Endlich wandte sie sich von Meli ab.

Ich widmete mich wieder meinem Traum. Immer wieder versuchte ich, mich wenigstens an eine kleine Szene zu erinnern. Vergeblich. Ich konnte mich nicht richtig darauf konzentrieren, denn schließlich musste ich ja noch Frau Müllers Blicken ausweichen. Sie sah immer wieder mal zu mir herüber, da die Diskussion einfach nicht in die Gänge kam. Schließlich ließ sie den beschlossenen Gesetzesentwurf mit einer dreiseitigen Begründung verteilen. Sie gab auf. Endlich! Es wurde still. Alle lasen.

»Beamte haben sich im Dienst politisch, weltanschaulich und religiös neutral zu verhalten. Insbesondere dürfen sie Kleidungsstücke, Symbole oder andere Merkmale nicht tragen oder verwenden, die objektiv geeignet sind, das

Vertrauen in die Neutralität ihrer Amtsführung zu beeinträchtigen oder den politischen, religiösen oder weltanschaulichen Frieden zu gefährden ...«[*]

»Ja bitte?« Frau Müller unterbrach die Stille. Daran, dass sie zur Tür schaute, erkannte ich, dass wohl jemand geklopft haben musste. Ich hatte nichts gehört.

»Ja bitte?« Erst bei der zweiten Aufforderung öffnete sich die Tür. Ganz leise.

»Ännschuligunn!«

War das nicht ...? Ja, es war Canans Mutter! Wie sah die denn aus? Schrecklich. Erst dachte ich, dass es an dem Schatten ihres Kopftuchs lag, dass sie so tiefdunkle Augenränder hatte. Dann, als sie hereinkam, erkannte ich, dass es nicht am Kopftuch lag. Nein, so sah jemand aus, der die ganze Nacht geweint hatte!

[*] Drucksache 16 / 1897 neu. Hessischer Landtag. 10. 2. 2004: Gesetzentwurf der Fraktion der CDU für ein Gesetz zur Sicherung der staatlichen Neutralität *(http://starweb.hessen.de/cache/ DRS/16/7/01897.pdf)*

Wo ist Canan?

Canan war verschwunden! Ihre Mutter war völlig aufgelöst, und erst als Frau Müller besorgt die Hände auf die
Wangen schlug, begriff ich es langsam. Das konnte ich
mir gar nicht vorstellen. Canan war nach der Schule nicht
heimgekommen. Ihre Mutter fragte, ob jemand in der
Klasse etwas wüsste. Niemand wusste etwas. Wer denn
auch? Canan hatte keine Freunde in unserer Klasse. In der
Parallelklasse gab es zwei Mädchen, die auch Kopftücher
trugen. Mit den beiden war sie in den Pausen immer zusammen. Keiner wusste, wie sie hießen, nur in welche
Klasse sie gingen. Das war's.

»Na ja«, sagte Frau Müller, »gestern haben wir noch über
das geplante Kopftuchverbot gesprochen. Wie Sie sicher
wissen, ist das ja jetzt auch in Hessen durch.«

Ich zuckte zusammen. Mein Magen verkrampfte sich und
mir wurde irgendwie schwindelig. Der Traum! Er hatte
sich genauso angefühlt.

Canans Mutter zog angestrengt die Augenbrauen zusammen und versuchte zu verstehen, was Frau Müller damit
sagen wollte.

»Aber – nein, nein«, Frau Müller ging zu ihr hin und
nahm ihre Hände »ich glaube nicht, dass das etwas mit
Canans Verschwinden zu tun hat.« Mich fröstelte es auf
einmal und ich bekam eine Gänsehaut. Wann würde es
klingeln, wie lange dauerte es, verdammt noch mal, bis
zur Pause? Canans Mutter schüttelte nur den Kopf und
mir war irgendwie klar, dass sie gar nichts verstanden hatte. Sie redete einfach weiter. Völlig zusammenhanglos. Ich

begriff nur, dass Canans Eltern die Polizei eingeschaltet hatten, als sie abends immer noch nicht da gewesen war. Bei jeder anderen hätte ich das für übertrieben gehalten. Aber bei Canan! Die ging doch bestimmt nie abends weg. Dann auf einmal sah Canans Mutter zu mir herüber und fragte Frau Müller, ob ich mal kurz mit hinauskommen dürfe. Ich sah erschrocken zu Meli. Am liebsten wäre ich unsichtbar geworden. Canans Mutter wollte allein mit mir reden. Alle starrten mich an. Das war mir vielleicht peinlich. Warum ausgerechnet mit mir? Was wollte die von mir?

»Sinem, mein Kind.« Ihr schossen Tränen in die Augen. »Bitte sag es mir, wenn Canan dir etwas anvertraut hat.« Was? Wieso sollte Canan mir etwas erzählt haben? Wie kam sie darauf? Nur weil ich auch Türkin bin, müssen wir doch nicht die besten Freunde sein. Na ja, ganz am Anfang, da waren wir es schon. Freundinnen, meine ich. Nicht die besten. Das kam gezwungenermaßen irgendwie, weil sich unsere Mütter bei der Einschulung kennengelernt hatten. Meine Mutter hatte sie eingeladen. Ihre Mutter dann uns. Irgendwann trafen Canan und ich uns regelmäßig nach der Schule und wir machten gemeinsam Hausaufgaben, spielten zusammen. Das war schon schön. Bis zur vierten Klasse oder so. Dann hatten wir immer weniger miteinander zu tun. Ich weiß nicht, irgendwie waren wir zu verschieden. Und als sie dann eines Tages mit einem Tuch um den Kopf in die Schule kam, da war es für mich ganz aus. Ich konnte damit gar nichts anfangen. Das musste doch auch ihrer Mutter aufgefallen sein.

Ich meine, dass wir schon lange nichts mehr miteinander zu tun hatten.

»Ich weiß nicht, *Tante*«, sagte ich, »sie hat mir nichts gesagt.«

Ihre Hände zitterten. »Ich dachte nur, dass du vielleicht …« Sie hob die Hand und wollte mir übers Haar streichen. Ich wich zurück. Nur ein bisschen zwar, aber sie zog ihre Hand sofort wieder weg. Das tat mir echt leid, aber ich konnte ihr ja nicht erklären, dass es nur ein Reflex war wegen meiner ungewaschenen Haare. »Ist in Ordnung, mein Kind«, sagte sie und strich mir diesmal über den Arm. Ganz liebevoll. »Hab vielen Dank.«

Dann ging sie. Langsam, irgendwie schwankend, den Kopf nach vorne gebeugt. Canans Mutter tat mir total leid. Canan war weg. Wie? Warum? Ich begriff es nicht. Was konnte denn passiert sein? Hatte es wirklich nichts mit unserer Diskussion zu tun?

Als ich dann in der Pause auch noch zwei Beamte ins Lehrerzimmer gehen sah, musste ich plötzlich heulen. Es platzte aus mir heraus. Ganz einfach so. Ich rannte aufs Klo. Meli ging mit. Sie versuchte mich zu trösten und wollte wissen, was mit mir los sei.

O Mann! Woher sollte ich das wissen? Ich fühlte mich einfach nur total schlecht. Immer noch und eigentlich noch viel, viel mehr. Seit der bescheuerten Diskussion war mir schon jämmerlich zumute und dann dieser komische Traum, der mich die ganze Zeit so beschäftigt hatte.

»Was wollte denn Canans Mutter von dir?«

»Nichts.« Ich putzte mir die Nase. »Nur wissen, ob mir Canan was erzählt hat.«

»Wieso sollte sie dir was erzählt haben? Ihr seid doch gar nicht befreundet.«

Ich zuckte mit den Schultern. Das hatte ich mich ja auch gefragt.

Meli rückte ab. Unmerklich wenig zwar und mir wäre es gar nicht aufgefallen, hätte sie mich dabei nicht auf einmal so verständnislos angesehen. Einen Augenblick lang war sie irgendwie distanziert, eigenartig. Dann legte sie aber doch den Arm um mich. »Und warum weinst du? Ist es wegen gestern?«, fragte sie ganz vorsichtig, so, als ob sie sich nicht trauen würde.

»Wie, wie meinst du das?«

»Weißt du, ich glaube nicht, dass Canan wegen der Diskussion mit dir verschwunden ist. Ganz bestimmt nicht. Du brauchst wirklich keine Schuldgefühle zu haben«, sagte Meli.

Ich starrte sie an, riss mich zusammen. Schuldgefühle?

»Nein, ich hab keine …« Ich stockte. War es das? Das Heulen konnte ich unterdrücken, aber nicht den furchtbaren Druck im Magen. Mein Taschentuch war ganz nass. Meli gab mir ein neues. Schuldgefühle. Ich musste etwas tun. Warum war Canan verschwunden? Ich musste es herausfinden.

Zu Hause ging ich gleich ins Bad. Selbst mein Vater hatte mich an diesem Tag nicht mit seinem üblichen »Na, *mein Seidenhaar?*« begrüßt. Das konnte ich ihm nicht übel nehmen. Seidig waren meine Haare heute wirklich nicht gewesen. Eher fettig und stumpf.

Ich wusch sie mir. Gleich zweimal hintereinander. Irgend-

wie wollte ich diesen furchtbaren Tag aus ihnen heraus-
waschen. Nachdem ich sie mir geföhnt hatte, fühlte ich
mich endlich wieder einigermaßen. Ich ging raus.

Hoffentlich wohnten sie noch in der Altfeldstraße 18, so
wie früher. Diesen Weg war ich lange nicht mehr gegangen. Komisch war das. Rötzer, Albayrak, Milanković,
Adler, Kaya, Hashemi. An der Tür ging ich die Klingeln
der Reihe nach durch. Zehn Reihen und in jeder waren
acht Schildchen. Ich konnte mich nicht mehr erinnern, in
welchem Stock sie wohnten. Irgendwo in der Mitte. Zambak. Da war sie ja. Erst beim zweiten Durchgang entdeckte ich Canans Klingel. Ich drückte.

Niemand, der versteht

Von wegen, sie sei nicht selbstständig. Von wegen, vom El-
ternhaus in die Ehe. Wie bescheuert! Nur weil sie ein Kopf-
tuch trägt. Immer noch spuken Sinems Worte in ihrem Kopf
herum. Immer noch. Es hört irgendwie nicht auf. Sinem und
die anderen haben null Ahnung. Canan will überhaupt
nicht heiraten. Und das muss sie auch nicht.

Darauf kommen die natürlich nicht. Und nur weil Canan
keine Lust hat, in Discos rumzuhängen, denken die, sie sei
nicht selbstständig, könnte nicht tun, was sie will. Okay, ihre
Eltern hätten wirklich etwas dagegen, würden es ihr ver-
bieten wollen. Wenn sie es aber wirklich wollte, würde sie es
trotzdem machen. Irgendwie. Das war schon immer so ge-
wesen.

Immer schon musste sie kämpfen. Gegen die anderen, gegen
die Verbote der Eltern. Und immer geht es ums Kopftuch, um
die Tradition oder um die Schule, nie geht es um sie. Nie!
Canan hat ihren eigenen Kopf. Und niemand könnte sie
zwingen etwas zu tun, was sie nicht will. Aber wem soll sie
das klarmachen? Und wie? Die anderen denken doch sowie-
so, was sie wollen. Sinem ist die Schlimmste. Diese blöde,
blöde Kuh!

Canan ist immer noch sauer. So sauer! Einen Moment lang
überlegt sie, Sinems Tisch zu zerkratzen, ihr draufzuschrei-
ben, was sie von ihr hält. Aber nein. Was würde das schon
bringen? Canan fühlt sich so allein. Allein mit ihrer Wut. Da
ist niemand, der sie versteht. Niemand. Niemand. Nur …

»Du kannst jederzeit zu mir kommen, wenn du Hilfe
brauchst.« Ja, das hat sie mal gesagt. Halime! Warum ist ihr

das eigentlich nicht gleich eingefallen? Überhaupt. An Hali-
me hatte sie nie gedacht. Dabei hätte sie schon oft Grund
gehabt, auf ihr Angebot einzugehen. So oft hat sie sich schon
allein gefühlt. Unverstanden. Sie hat es so satt. Aber jetzt …
Canan kommt eine Idee. Plötzlich hört sie jemanden. Es ist
die Putzfrau. Canan muss raus.

Einblicke

»Hallo, ich bin die Sinem.« Die Kleine schaute mich gleichgültig an. Offensichtlich erkannte sie mich nicht. »Und du bist bestimmt die …?«

»Cemile.«

»Ja, genau!« Cemile. Sie musste inzwischen neun oder zehn sein. Dafür sah sie ganz schön fertig aus. Ihre Augen waren aufgequollen, verheult. Irgendwie wirkte sie alt.

»Du bist aber groß geworden!« Das fand ich wirklich, obwohl sich das bescheuert anhörte. Als wäre ich ihre Tante.

Ich warf einen Blick in die Wohnung. Sie war ganz schön voll. Das sah man nicht nur an den Schuhen, die sich am Eingang stapelten. Das hörte man auch. Männer gingen im Flur auf und ab und brüllten in ihre Handys, Kinder rannten kreischend herum und aus dem Wohnzimmer drangen klagende und aufgeregte Stimmen. Nur ein paar Frauen, die Tabletts hin und her trugen, schwiegen.

»Ich gehe mit Canan in die gleiche Klasse und ich …«

Plötzlich wurden Cemiles Augen ganz groß. »Hast du was von meiner Schwester gehört? Weißt du, wo sie ist?«

Ich wagte es nicht, etwas zu sagen oder auch nur den Kopf zu schütteln, aber sie sah mir die Antwort sofort an und senkte die Augen. Das tat mir so leid. Es war sicher nicht leicht für sie. »Ich, ich wollte nur fragen, ob *ihr* vielleicht inzwischen was gehört habt.« Gerade als sie mich wieder ansah, erkannte ich, wie dumm das war, was ich da gesagt hatte. Es war klar, dass sie jetzt Nein sagen würde und ich dann gehen müsste. »Und ich wollte mal nach deiner

Mutter sehen. Geht es ihr etwas besser?«, fragte ich schnell hinterher. Ich weiß nicht, was ich mir erhoffte, aber vielleicht war es doch nicht so unwahrscheinlich, dass ich hier mehr über Canans Verschwinden erfahren würde.

Jedenfalls wollte ich rein. Unbedingt. Cemile, Canans Kopie in klein, aber ohne Kopftuch, schlüpfte an den hin und her laufenden Erwachsenenbeinen vorbei und verschwand im Wohnzimmer. Während ich wartete, sahen mal eine Frau, mal ein Mann durch die halb offene Tür, nickten kurz und gingen wortlos wieder weiter, als sie sahen, dass sie mich nicht kannten. Inzwischen standen ein paar kleine Kinder vor mir und starrten mich neugierig an, als nach einer Weile endlich Canans Mutter an die Tür kam.

»Komm doch rein, mein Kind! Warum stehst du denn da draußen?« Sie wischte sich die Tränen von den Augen und ließ eine gelbe Papierserviette in ihrer Faust verschwinden. Die rechte Hand streckte sie mir entgegen. Ich küsste sie und führte sie dann an die Stirn. Eigentlich hasste ich das. Besonders wenn mir jemand seine Hand aufdrängte. Wenn ich mutig drauf war, nahm ich sie dann und drückte sie runter, um sie zu schütteln. Als Entschädigung bekam der- oder diejenige dann Küsse auf die Wangen. Wenn meine Eltern das merkten, meckerten sie hinterher immer. Sie bestanden auf den Hand-Stirn-Gruß, wenn wir ältere Besucher bekamen.

Ich wollte aber nicht jeden verehren müssen, nur weil er alt war. Außer wenn ich besonders höflich sein wollte oder wenn ich jemanden mochte, dann war das schon okay. Na ja, keine Ahnung, ob ich Canans Mutter mochte oder nicht, aber sie tat mir leid und ich wollte höflich sein. Ganz besonders jetzt.

»Canans Freundin«, sagte sie und das Wimmern und Heulen, der ganze Lärm, den ich schon an der Tür gehört hatte, hörte schlagartig auf. Alle schauten auf mich. Ich versuchte die musternden Blicke zu ignorieren und ging sämtliche Frauen und Mädchen im Wohnzimmer der Reihe nach durch, gab ihnen die Hand und küsste sie auf die Wangen. Nur bei den ganz Alten machte ich das mit der Stirn.

Den Männern und Jungs im Essbereich gegenüber schüttelte ich nur die Hand. Ohne Kuss und so. Klar, wozu auch? Das heißt, bis auf einen. Dem gab ich nicht die Hand. Na ja, eigentlich gab er sie mir nicht. Es war ein Mann mit länglichem Bart. Vermutlich ein *Hodscha* oder so. Der führte seine *Hand* zur Brust, auf die Herzgegend, und murmelte etwas, als ich ihm meine hinstreckte. Pah! Dann halt nicht. Pech gehabt.

Eine dicke Frau mit einem Baumwollkopftuch, eines, wie es meine Oma immer zu Hause trägt, so mit verwaschenem Blumenmuster und gehäkeltem Spitzenrand, klopfte auf den Stuhl neben sich. »Setz dich, mein Kind!« Ich lächelte kurz und setzte mich. Dann klopfte sie auf ihren Oberschenkel. »*Vah, vah,* Canan! Ein Mädchen wie eine Rose, weg ist sie!«

Plötzlich fing Canans Mutter an zu weinen. »Meine Canan, mein Kind. Wo bist du, mein Kind?« Als sei das der Startschuss, fingen die älteren Frauen an zu klagen und das Wimmern und Heulen vom Anfang setzte sich fort. Irgendwie nervte mich das. Das Gejammere brachte doch nichts! Trotzdem kamen auch mir die Tränen.

Inzwischen spekulierten und diskutierten die Männer wieder. »Was hat sie zuletzt angehabt?« Canans Beschreibung wurde in sämtliche Handyleitungen gebrüllt. Ich wunderte mich, dass sie überhaupt etwas verstanden bei dem Lärm. Andere beauftragten die Jungen, die Gegend abzusuchen. Can, Canans älterer Bruder, und ein paar andere Jungs gingen raus und kamen nach einer Weile wieder. Sie erzählten dann, wo sie überall gesucht hatten, und taten dabei so wichtig. So eifrig und pflichtbewusst. Wie peinlich!

Nur Canans Vater war still und ging mit angespanntem Gesicht auf und ab. Immer wieder klingelte es und Cemile sprang auf. Offensichtlich war sie froh, eine Aufgabe zu haben. Frauen aus der Nachbarschaft brachten was zu essen mit. Männer boten ihre Hilfe an. Alle wollten für Canans Familie da sein, etwas tun.

Eine ältere Frau, die mir gegenübersaß und auch geheult hatte, musterte mich schon die ganze Zeit. Seitdem ich das bemerkt hatte, musste ich immer wieder zu ihr hinüberschauen. Sie erinnerte mich ein bisschen an eine meiner Tanten in der Türkei. Auf einmal öffnete sie ihr Kopftuch. Mit einem Zipfel wischte sie ihre Tränen weg und führte ihn wieder unter ihr Kinn bis zum Ohrläppchen. Das andere Ende legte sie quer darüber und quetschte es auf der anderen Seite zwischen Wange und Tuch. Das ging ganz schnell und hielt. »Mein Kind, wann hast du Canan eigentlich zuletzt gesehen?«

Ich erschrak. Damit hatte ich nicht gerechnet. Zum

zweiten Mal starrten jetzt alle auf mich. »Gestern, gestern in der Schule«, sagte ich.

»Und da war nichts? Ich meine, ist dir nichts aufgefallen?« Mir wurde ganz heiß. Hoffentlich wurde ich nicht rot. Ich zuckte mit den Schultern, um lockerer zu wirken, aber meine Stimme überschlug sich. »Wir, wir hatten nur über das Thema Kopftuch diskutiert, ich meine, im Unterricht, weil, weil ja das Kopftuch für Lehrerinnen verboten werden sollte.«

»Ja, und? Wie war das für Canan? Was hat sie gesagt?« Gerade, als ich der Frau antworten wollte, dass ich das nicht beurteilen könnte, mischte sich eine etwas jüngere Frau ein. Sie hatte ganz dünne, gezupfte Augenbrauen, die gebogen waren wie BH-Bügel. Ihr Kopf nahm unter dem Seidenkopftuch durch einen Dutt ganz oben am Hinterkopf eine komische alienartige Form an. »Siehst du«, sagte sie zu Canans Mutter, »sie haben sie bestimmt beleidigt!« Sie kniff die Augen zusammen und sah mich giftig an.

Typisch. Frauen, die das Kopftuch so trugen wie die, mochte ich am wenigsten. Wir hatten eine Nachbarin, die meine Mutter hin und wieder besuchte. Ich weiß nicht wieso, aber sie kam mir immer schon ganz besonders besserwisserisch und überheblich vor. So wie die jetzt.

»Nein, es war nur eine Diskussion!«, sagte ich. Ich fühlte mich richtig hilflos.

»Also, ich glaube nicht, dass Canan wegen einer Diskussion abhauen würde«, sagte eine noch jüngere Frau, die gerade Tee auf einem Tablett hereintrug. »Das würde sie nicht machen. Canan würde nicht weglaufen!«

Das war nett und beruhigte mich etwas. Nicht aber Canans Mutter. »Aber was ist dann mit ihr passiert?« Sie weinte immer heftiger, bis sie fast ohnmächtig wurde. »Schnell«, sagte die Alienfrau, »schnell etwas Kölnisch Wasser!« Plötzlich wurden alle ganz hektisch. Ein Mädchen, etwa so alt wie ich, rannte raus und kam gleich darauf mit einer Flasche wieder herein. Die Frau mit dem Alienkopf verrieb etwas Kölnisch Wasser in ihren Händen und hielt sie unter die Nase von Canans Mutter. Dann rieb sie damit ihre Hände und Arme ein.

»Fatih, seid mal still jetzt!«, fauchte eine andere Frau und öffnete das Fenster. Vermutlich war das ihr Mann, den sie so zurechtgewiesen hatte, aber offensichtlich meinte sie alle Männer. Die hielten tatsächlich die Klappe oder gingen zumindest mit ihren Handys raus in den Flur.

Langsam erholte sich Canans Mutter wieder. O Mann! Ich musste hier raus. Als endlich eine der Frauen ihren Tee ausgetrunken hatte, nahm ich ihr Glas mit dem Vorwand, es wieder auffüllen zu wollen, und ging in die Küche. Das war immer ganz praktisch. Wenn ich mit meiner Familie irgendwo zu Besuch war und mir langweilig wurde, tat ich einfach so, als wollte ich helfen, und musste nicht mehr so steif mit den Erwachsenen herumsitzen. Außerdem bekam man in der Küche viel mehr mit.

Alles ist denkbar

»Ob sie tatsächlich einen Freund hat, mit dem sie abgehauen ist?«, fragte eine junge Frau, die sich gerade eine Zigarette anzündete. Sie hatte große grüne Bambi-Augen. Die fielen mir sofort auf, als ich die Küche betrat. Ihr Baumwollkopftuch trug sie locker, hatte die Enden am Nacken gekreuzt und über dem Kopf zusammengebunden. So wie meine Mutter es immer zu Hause bei der Hausarbeit machte, damit ihr die Haare nicht ständig ins Gesicht fielen.

»Vielleicht wollen die beiden eine Heirat erzwingen?« Die andere junge Frau, sie hatte eine rosafarbene Tunika über der Jeans an und ein gleichfarbiges Kopftuch, spülte gerade die vielen Teegläser, die sich angesammelt hatten. Hinten am Küchenfenster saßen zwei Mädchen. Ich erkannte sie zuerst gar nicht. Sie mich wohl schon.

»Hi!«, sagte die eine. Es waren die beiden aus der Schule. Die, mit denen Canan in den Pausen immer zusammen war.

»Hi!« Die beiden Frauen musterten mich jetzt. Ich streckte der Frau mit den Bambi-Augen das Teeglas entgegen.

»Gibt es noch Tee? Der hier soll bitte hell sein.«

»Bist du auch Canans Freundin?«

»Ähm, ja, also, wir gehen in die gleiche Klasse«, sagte ich.

»Aha!« Die beiden Frauen nickten sich kurz zu.

»Sag mal, *du* weißt doch sicher, ob Canan einen Freund hat, oder?«, fragte die Frau mit der Tunika.

»Ich? Nein. Wieso ich?«

»Komm schon. Ich meine, *dir* hat sie es doch bestimmt anvertraut!«

Was sollte das denn heißen? Wieso hatte sie das »dir« so komisch betont? »Mir hat Canan gar nichts anvertraut und ich weiß nichts von einem Freund!«, sagte ich. Blöd. Mir fiel nichts Besseres ein.

»Aber du hast doch sicher einen.«

»Nein, habe ich nicht!« Mist. Jetzt rechtfertigte ich mich schon, als sei es etwas Schlimmes, einen Freund zu haben. Hier unter den jungen Frauen und Mädchen fühlte ich mich noch unwohler, irgendwie so nackt mit meinen offenen Haaren. Die dachten bestimmt, dass ich ein leichtes Mädchen, ein Flittchen war, nur weil ich kein Kopftuch trug so wie sie. Ich meine, klar, die waren bestimmt neidisch. Wer trug schon freiwillig ein Kopftuch? Da mussten die sich doch irgendwie damit trösten, dass sie Gott näher seien und das Richtige taten mit ihrer Frömmigkeit. So wie Belgin, meine Kakerlaken-Cousine, neulich.

»Jedenfalls denken das bestimmt alle hier, dass Canan mit einem Jungen durchgebrannt ist«, sagte die mit den Bambi-Augen. »Nur will es keiner aussprechen!«

Auf einmal stand Canans Mutter an der Tür. »Was ist das für ein dummes Gerede!«, sagte sie. »Meine Tochter hat nichts mit Heiraten am Hut. Sie ist erst 14 und außerdem will sie studieren!«

Die Bambi-Frau drückte schnell ihre Zigarette aus. Wie doof! Canans Mutter hatte es doch längst gesehen und der Qualm hing auch immer noch in der Luft. Das hatte ich noch nie verstanden, dass man vor Älteren nicht rauchen durfte. Auch wenn man schon erwachsen war. Nur wenn sie es ausdrücklich erlaubt hatten, galt es nicht als respektlos. Canans Mutter hatte es wohl nicht erlaubt, aber

34

es schien ihr in diesem Augenblick auch völlig egal zu sein.

»Entschuldige *Schwester,* wir haben uns nur verschiedene Möglichkeiten überlegt, weiter nichts.« Die Bambi-Frau füllte schnell das Teeglas auf und gab es mir.

»Ich bringe es schon rein«, sagte Canans Mutter, nahm mir das Glas ab und ging. Die beiden Frauen schaute sie gar nicht mehr an.

»Elif, Yasemin, wann habt ihr eigentlich wieder *Koran*-kurs?«, fragte die Frau mit der Tunika Canans Freundinnen, die immer noch dasaßen, ohne ein Wort zu sagen. Sie tat so, als sei gar nichts gewesen, als hätte Canans Mutter nicht eben sie und die Bambi-Frau zurechtgewiesen.

»Übermorgen nach der Schule«, sagte das eine Mädchen, das die Enden seines Kopftuchs mehrmals am Hinterkopf zusammengewickelt hatte. Mir fiel auf einmal auf, dass das gar nicht mal so schlecht aussah. Irgendwie modern. So ähnlich wie bei Frauen in amerikanischen Filmen, die auch Tücher um den Kopf wickeln, aber nur, weil ihnen die Haare durch eine Chemotherapie ausgefallen sind.

»Denkt mir ja daran, dort nach Canan zu fragen. Vielleicht weiß ja jemand etwas!«

»Canan ist nicht bei uns in der Gruppe. Sie geht immer mittwochnachmittags hin«, sagte das andere Mädchen, das überhaupt nicht so modern aussah wie ihre Freundin. Eher wie eine Oma, mit ihrem langen braunen Rock und der grünen Häkelweste.

Das wusste ich gar nicht! Canan ging also in den Korankurs. »Wo findet der denn statt?«, fragte ich. Alle vier sahen mich an, als hätte ich gefragt, ob sie an UFOs glauben würden. »Na, in unserer Moschee, hier in der Birkenstraße!«

Plötzlich kam Cemile herein. »Die Polizei ist da! Die Polizei ist da!« Sie war total aufgeregt.

Alle stürzten hinaus. Ich wusste erst nicht, was ich tun sollte, ging aber dann auch hinterher. Im Wohnzimmer redeten alle wild durcheinander. Ich stellte mich auf die Zehenspitzen. Es dauerte eine Weile, bis ich über die Menschenmenge hinweg erkennen konnte, dass es zwei Beamte waren, eine Frau und ein Mann. Es mussten dieselben sein, die ich vormittags in der Schule gesehen hatte.

»Ruhe jetzt!«, brüllte der Polizist.

Sofort wurde es still. Wie unverschämt! Was bildete der sich ein! Bei einer deutschen Familie hätte er sich das bestimmt nicht erlaubt. Das nervte mich. Als würden Deutsche in so einer Situation nicht aufgeregt sein!

»Bitte nicht alle durcheinander!« Die Frau klang etwas freundlicher.

»Setzt euch mal hin!«, brüllte ein Mann, der Canans Vater sehr ähnlich sah, und drängte die Leute auseinander. Vermutlich war es Canans Onkel oder so. Der führte sich total unmöglich auf! Er schleimte sich bei den Polizisten richtig ein und fühlte sich damit offensichtlich als etwas Besseres. Ich konnte es nicht fassen. Die anderen folgten ihm tatsächlich und setzten sich. Nur die wirklich Wichtigen und die, die sich dafür hielten, blieben stehen. Canans Eltern, Can, der Onkel und die Alienfrau. Ich setzte mich auch nicht, ging aber ein paar Schritte nach hinten und lehnte mich an die Wand. Das war perfekt. Von hier aus konnte ich gut verstehen, was gesagt wurde, und fiel trotzdem nicht auf.

Die Polizei hatte wohl schon sämtliche Krankenhäuser abgeklappert und die Gegend abgesucht, aber die Untersuchungen hatten nichts ergeben. In der Schule wollten sie noch mal genauer recherchieren.

»Haben Sie denn schon bei Freunden und Verwandten nachgefragt?« Die Polizistin schaute betont mitleidvoll von Canans Mutter zu Canans Vater. Mir kam das irgendwie gespielt vor. Aber immerhin. Besser als der Beamte, der immer noch so hochnäsig auf alle herabsah und hin und wieder etwas notierte.

»Ja, abärr nimannt wissänn«, sagte Canans Vater.

»Gibt es denn irgendwelche Orte, die Ihnen noch eingefallen sind, ich weiß nicht, Kurse, die sie besucht, oder vielleicht Verwandte oder Bekannte, die außerhalb wohnen?«, fragte die Beamtin. »Oder vielleicht ist sie ja auch in die Türkei geflogen? Das kommt schon mal vor. Fehlt irgendwo Geld? Haben Sie nachgeschaut?«

Der schleimige Onkel konnte zwar besser Deutsch als Canans Eltern, aber die hätten das alles sicher auch beantworten können. Jedenfalls mischte der sich ein und sagte, dass sie schon überall in der Türkei angerufen hätten. Auch Verwandte, die in Berlin und Mannheim wohnten, hätten sie gefragt. Geld würde auch nicht fehlen.

»Na, dann«, sagte der eingebildete Polizist, der offensichtlich von Anfang an etwas dagegen gehabt hatte, überhaupt hier zu sein. »Wir werden Sie auf dem Laufenden halten.«

Die Beamtin sah zu ihrem Kollegen, der schon seinen Notizblock eingepackt hatte und am Gehen war. Sie schien ziemlich verdutzt zu sein. »Ähm, ja, wir werden das weiter untersuchen. Unsere Ermittlungen gehen in alle Richtungen. Aber bitte teilen Sie uns mit, wenn Ihnen noch etwas einfallen sollte.« Komisch. Sie wurde immer netter, wohl weil ihr Kollege immer unfreundlicher wurde. »Und machen Sie sich keine Sorgen. Vierzehnjährige hauen schon mal ab. Ihre Tochter wird bestimmt bald wieder auftauchen. Wir werden unser Bestes tun. – Wiedersehen.«

Halt! Die hatten doch nach Kursen gefragt. Das war total untergegangen. Keiner hatte was gesagt. Ich wusste nicht, ob das wichtig war oder nicht und ob ich mich einmischen sollte.

»Ähm, hallo ...« Ich ging der Polizistin hinterher. »Ich wollte noch sagen, dass ... Canan geht in den Korankurs.«

»Ach!« Die beiden Beamten drehten sich sofort um. Schon wieder starrten alle mich an. Das war mir so peinlich. Ich kam mir so wichtigtuerisch vor, so wie der Schleimonkel.

»Wo und wann?« Die Polizistin machte auf einmal ein ganz ernstes Gesicht.

»Wieso wissen wir nichts davon?«, fauchte ihr Kollege Canans Eltern an.

Die zuckten zusammen und wurden irgendwie noch kleiner. Oje! Hoffentlich waren sie jetzt nicht sauer auf mich.

»Ich habe eben nur mitbekommen«, sagte ich, »dass Sie nach Kursen gefragt haben, da ...«

»Ja, das könnte sehr wichtig sein«, sagte die Beamtin.

»In der *Fatih*-Moschee. Canan geht immer mittwochs um sechzehn Uhr dahin.« Die Alienfrau war die Einzige, die wusste, wie die Moschee hieß. Ich wollte nur noch schnell weg, aber wenigstens von Canans Mutter musste ich mich noch verabschieden. Ich rechnete schon damit, dass sie mit mir schimpfen würde. Ich weiß nicht, vielleicht weil ich mich eingemischt hatte.

Aber sie sagte nur: »Danke, mein Kind!«, und küsste mich auf die Wangen. »Das ist uns gar nicht eingefallen.«

»Die sind doch schon ein paarmal aufgefallen«, sagte der Beamte.

»Aber das war immer nur falscher Alarm. Wir haben nie etwas in der Moschee gefunden.«

Die beiden Polizisten kamen in den Flur. Ich zog gerade meine Schuhe an. Als sie mich sahen, wurde die Polizistin auf einmal ganz leise. Der Beamte drehte mir den Rücken zu und versuchte zu flüstern, aber das funktionierte nicht so ganz mit seiner brummigen Stimme.

»Trotzdem … -schee … suchen!«

Ich versuchte, so lässig es ging, meine Schuhe zuzubinden.

»… wundern … Kinder entführen!«

Was sagte er da? Mir wurde mulmig zumute.

»Jetzt übertreib mal nicht!« Die Polizistin sprach auf einmal normal.

Ich sah hoch. Unsere Blicke trafen sich kurz. Ich fühlte mich ertappt. Der Beamte hatte mich wohl schon vergessen.

»Ach, komm … doch … -hirnwäsche … -ranschule …

morgen … heiligen Krieg …« Ich hatte noch nie jemanden so laut flüstern hören. »…mordattentäter!«

O Gott! Ich stand auf, sagte leise »Wiedersehen!« und verschwand, so schnell ich konnte.

Eine verrückte Idee

»Hi, Sinem, geht's dir besser?«

»Ja schon, danke.« Ich klemmte den Hörer zwischen Ohr und Schulter und durchwühlte den großen antiken Vorratsschrank in der Küche.

»Hey, glaub mir, Canan taucht bestimmt bald wieder auf.«

»Ja, hoffentlich. Aber niemand weiß, was los ist. Ich meine, ob sie nur abgehauen ist, entführt wurde oder … oder sich was angetan hat. Die Ermittlungen gehen in alle Richtungen.« Ups, das Letzte war mir einfach so rausgerutscht. Aber Meli war es sofort aufgefallen. »Woher weißt du das?«

Ich wusste erst nicht so recht, ob ich es Meli erzählen sollte, aber schließlich war sie meine beste Freundin. »Ich war bei Canan zu Hause«, sagte ich dann doch.

»Was? Was hast du denn da gemacht?«

»Weiß nicht. Ich wollte mal sehen, wie's denen so geht und ob sie inzwischen was gehört haben von – von Canan.« Mist! Es war keine Schokolade mehr da. Ich brauchte dringend etwas Süßes. Meli sagte nichts. Eigenartig. Ich hätte schwören können, dass sie das sonst total spannend gefunden hätte.

»Hallo? Noch da?«, fragte ich, als Meli immer noch schwieg, während ich schon an den Hochschrank der Einbauküche gewechselt war.

»Ja, und? Hast du was erfahren?«, fragte sie schließlich.

»Nö. Der Familie, vor allem der Mutter, geht's ziemlich dreckig. Die Polizei hat schon alles abgesucht und auch alle Krankenhäuser gecheckt. Nichts!«

»Schlimm, echt! – Sag mal, wollen wir morgen nach der Schule ins Kino?«

Wie bitte? Ich glaubte einen Augenblick lang wirklich, nicht richtig gehört zu haben.

»Meli! Canan ist verschwunden! Dir scheint das ja völlig egal zu sein, was?«

»Was ist denn mit *dir* los?« Meli räusperte sich. Ihre Stimme klang auf einmal ganz kratzig und brach immer wieder weg. »Es tut mir ja leid, das mit Canan, aber was kann ich denn da tun?«

»Wir, ich meine, wir könnten sie doch suchen!« Im gleichen Moment, in dem ich das ausgesprochen hatte, wurde mir bewusst, dass sich das total bescheuert anhörte. Aber ich hatte das Gefühl, dass ich etwas tun musste. Irgendetwas. Ich wusste nur nicht was.

»Ich glaube, du spinnst«, zischte Meli. Sie hielt mich wohl für total übergeschnappt. »Wo willst du denn suchen? Und überhaupt, warum ist Canan auf einmal so wichtig für dich?«

»Ist sie doch überhaupt nicht«, sagte ich. »Ich will nur wissen, was mit ihr ist.«

»Dann lass mich damit in Ruhe. Ich mache jedenfalls nicht mit. Pech, wenn du Schuldgefühle hast!«

Das war's. Meli legte auf. Einfach so. Was sollte das denn? So war sie doch sonst nicht drauf. Als hätte ich seit gestern nicht genug von diesem schrecklichen Gefühl im Magen gehabt, bekam ich jetzt noch 'ne dicke Ladung obendrauf. Irgendwo oben im Hochschrank entdeckte ich eine angebrochene Kekspackung. Die Kekse waren schon weich und schmeckten nicht mehr so gut. Egal, besser als nichts. Ich verstand Meli überhaupt nicht. Warum war sie sauer auf mich? Okay, helfen wollte sie nicht. Aber deswegen musste sie doch nicht so reagieren! Die Kekse klebten an meinem Gaumen. Ich ging zum Kühlschrank und spülte sie mit Milch hinunter. Ach, was soll's. Wenn Meli mich im Stich lassen wollte, dann musste ich eben allein etwas unternehmen.

Was sollte ich tun? Mir wurde übel. Ich warf die restlichen Kekse weg. Irgendwie hatte Meli schon recht. Ich meine, wo sollte ich suchen? Die Polizei war schon aktiv und die Familie und Verwandten wussten am besten, was zu tun war. Ich dagegen kannte Canan fast überhaupt nicht und so gesehen konnte ich gar nichts tun. Ich überlegte.

Jetzt war nur noch der Kühlschrank übrig. Ich schob alles zur Seite. Irgendwo hinter den Plastikbehältern, Käse- und Wurstpackungen, Marmeladengläsern und Brotaufstrichen fand ich einen Frischhaltebeutel mit getrockneten Aprikosen.

Meine Mutter nahm immer eine zu ihrem schwarzen Tee, den sie dann nicht mehr zu süßen brauchte. Na ja. Ich mochte die eigentlich nicht. Aber die Aprikosen waren offensichtlich das einzig Naschbare im Haus.

Es schüttelte mich. Ich konnte sie schon auf meinen Zähnen spüren. Sie hatten eine ledrige Haut und innen waren sie geleeartig. Trotzdem. Ich nahm mir eine heraus und versuchte, sie vorsichtig zu kauen. Ich dachte wieder an das, was ich von dem Gespräch der beiden Beamten mitbekommen hatte. Was konnten die denn schon in der Moschee erreichen? Ich meine, wenn es stimmte, dann würden die Hodschas dort doch bestimmt nicht zugeben, dass sie die Kinder zu Selbstmordattentätern, na ja, zumindest zu Fundis ausbildeten.

Igitt! Ich spuckte die Aprikose in den Mülleimer. Aber vielleicht, vielleicht könnte ich ja in die Moschee gehen. Ich meine, einfach, um mal zu schauen. Ganz unauffällig. Was war denn schon dabei? Jeder konnte doch in die Moschee gehen. Plötzlich hatte ich eine Idee. Ja, genau! Vielleicht konnte ich auch mal am Korankurs teilnehmen? Dann fand ich vielleicht heraus, ob die dort wirklich etwas mit Canans Verschwinden zu tun hatten. Vielleicht war sie überhaupt nicht wegen mir weg!

Am nächsten Morgen kam Meli eine halbe Stunde zu spät, obwohl das die letzte Stunde vor der nächsten Mathearbeit war. Zum ersten Mal wusste ich nichts zu antworten, als Herr Siebert, unser Mathelehrer, nach ihr fragte. Ich meine, alle gingen davon aus, dass wir immer alles voneinander wussten. Das war auch so. Normalerweise.

Als sie dann kam, war ich völlig verunsichert. Wie sollte ich mich verhalten? Einerseits war ich sauer, weil sie unser Gespräch am Abend zuvor einfach abgebrochen hatte, andererseits wusste ich nicht, was auf einmal los war. Was hatte ich ihr denn getan?

Meli setzte sich auf ihren Platz, ohne mich anzuschauen. Gut, wenn sie es so wollte! Von da an ignorierte auch ich sie. Weder sprachen wir miteinander noch sahen wir uns an. Die ganze Zeit! Das war ein saublödes Gefühl! Ich hätte so gern mit ihr darüber gesprochen. Ich meine, über meine Idee mit dem Korankurs.

Diese Idee, ja, sie war schon verrückt und mir war auch ganz schön mulmig zumute. Aber was konnte denn schon passieren? Ich musste nur aufpassen, dass ich nicht auffiel. Das hieß, immer ganz cool bleiben, egal, was ich da auch zu hören bekommen würde. Ich machte mich auf so dummes Geschwätz gefasst wie von Belgin neulich. Nur in geballter Form. Diese blöde Kuh! Allein schon der Gedanke an sie machte mich wütend ... Ach was! Ich musste mich zusammennehmen. Ich würde das schon schaffen. Ich musste es schaffen.

Ich ließ den Unterricht über mich ergehen, hörte hin und wieder zu und machte auch mal mit. Das lenkte mich ab. Nicht richtig. Denn eigentlich konnte ich gar nicht aufhören, an meinen Plan zu denken. Worauf musste ich achten? Ich war nur ein paarmal in einer Moschee gewesen. Nur in der Türkei, vor vielen Jahren. Da war ich acht oder so, als wir meinen Onkel väterlicherseits in Istanbul besucht hatten. Da gab es richtig schöne historische Gebäude, alte Moscheen. Bei der Besichtigung hatten wir auch gleich gebetet. Das heißt, eigentlich nur meine Mutter. Ich hatte bloß versucht, ihr alles nachzumachen. Mein Vater hält sowieso nichts von Religion, und Erdem, mein Bruder, war noch zu klein.

In der letzten Stunde, in Deutsch, sah ich vorsichtig zu Meli hinüber. Na ja. Zuerst schielte ich auf ihre Hände und wagte es nur langsam hochzuschauen, in ihr Gesicht. Aber als sie es bemerkte, drehte sie sich schnell weg. Pech! Ich hatte es noch einmal versuchen wollen, aber jetzt war alles klar. Mensch! Wie sollte ich denn herausfinden, was ich falsch gemacht hatte, wenn sie mich nicht mal anschaute? Ich brauchte sie so. Gerade jetzt. Ich meine, Meli wäre sowieso nicht mitgegangen in die Moschee, aber ich hätte mich einfach besser gefühlt. Sie war die Einzige, mit der ich überhaupt darüber hätte reden können. Aber Meli packte schon vor dem Gong ihre Sachen zusammen, und als es läutete, ging sie schnell raus. Ich sah noch, wie Julia ihr hinterherlief.

Toll, sie waren schon in der Pause zusammen gewesen und jetzt, jetzt waren sie wieder zusammen. Und ich? Ich musste allein nach Hause laufen. Blöde Kuh! Ich packte meine Tasche und schlenderte heim. Bis vier war noch viel Zeit. Während meine Mutter kochte, schlich ich hinauf in das Schlafzimmer meiner Eltern und nahm mir ein Seidentuch, ein sehr schickes, das meine Mutter immer als Halstuch zu ihrer beigefarbenen Bluse trug. Ich legte mir meinen längsten und weitesten Pullover und meine XXL-Baggy-Jeans zurecht und duschte. Hinterher machte ich das mit dem Waschritual. Obwohl ich schon sauber war, obwohl das Duschen hätte reichen müssen. Fand ich jedenfalls. Trotzdem wusch ich meine Hände drei Mal, spülte drei Mal meinen Mund aus, führte mit der rechten Hand Wasser in meine Nase, zog ein, putzte sie mit der linken Hand, wusch drei Mal mein Gesicht, je drei Mal meine Arme bis zu den Ellenbogen, erst rechts dann links, dann benetzte ich mit der feuchten rechten Hand meinen Kopf oberhalb der Stirn, wusch meine Ohren, befeuchtete meinen Nacken und zum Schluss wusch ich mit der linken Hand erst meinen rechten, dann meinen linken Fuß. Ich musste genau aufpassen, dass ich die Reihenfolge nicht verwechselte.

Wie ging noch mal das Gebet dazu? Ich wusste es nicht mehr. Egal. Ich sagte einfach irgendeins auf, das mir gerade einfiel. Warum machte ich das überhaupt? Ich weiß nicht, vielleicht weil ich nicht auffallen wollte. Vielleicht würde man es mir ja ansehen, wenn ich kein *Abdest* genommen hätte? Vielleicht hatte das Ritual ja auch etwas Magisches?

Ach Quatsch! So ein Blödsinn! Ich musste cool bleiben. Ich versuchte an nichts zu denken, zog mich an und machte mich auf den Weg. Als ich dann um Viertel vor vier vor der Moschee stand, war ich auf einmal gar nicht mehr so cool drauf. Mein Vorsatz war wie weggeblasen. Irgendwie machte es mich ganz schön nervös, dass diese Moschee gar nicht ihrem großkotzigen Namen entsprach. Die Fatih-Moschee war nichts weiter als eine Halle auf einem heruntergekommenen Hof. Das war sicher mal eine Fabrik gewesen, die stillgelegt worden war.

Klar, ich hatte keine Moschee mit Minaretten erwartet. Davon hätte ich bestimmt gehört. Ich meine, über die Nachrichten wusste ich, dass sich viele Deutsche furchtbar aufregten, wenn der Bau einer Moschee auch nur erwägt wurde. Wie bescheuert! Und vor allem ungerecht, fand ich. Es gab doch auch Synagogen in Deutschland, und in Istanbul und Izmir hatte ich auch schon Kirchen gesehen. Kein Wunder, wenn sich nur Radikale und Fundis in einem solch schäbigen Hinterhof tummelten. Ganz normale Gläubige, so wie meine Mutter zum Beispiel, würden sicher nicht hierherkommen. Trotzdem. Ich musste da jetzt rein.

Die Tür stand weit offen. Ein paar bärtige Männer mit

hochgekrempelten Ärmeln und Hosenbeinen gingen hin und her. Als sie mich sahen, schauten sie gleich weg. Hier im Hof standen ein paar Jungs herum. Die glotzten so doof und schauten gar nicht weg. Ich zog das Halstuch meiner Mutter aus meiner Manteltasche heraus und setzte es auf. Komisch. Ich meine nicht nur das Gefühl, ein Kopftuch zu tragen, sondern auch, dass die Jungs jetzt wegsahen. Ich atmete tief durch.

Zum Glück kamen in dem Augenblick, in dem ich reingehen wollte, einige Mädchen und eine Frau in den Hof. Ich ging ihnen hinterher.

»Oh, *Hocam,* was für ein toller Ring! Wo haben Sie den denn her?«, sagte eines der Mädchen, als wir eine schlecht beleuchtete Treppe hinaufstiegen.

»Schön, nicht? Aus dem Perlenlädchen hier um die Ecke, in der Elsenstraße.«

Das war vielleicht ein Gedränge. Ich sah gar nicht, wohin die Treppe führte. Die Mädchen wollten alle den Ring sehen und quakten wild durcheinander. Die Frau war also die Lehrerin hier. Irgendwie versuchten alle ganz nah bei ihr zu sein. Aber zwei hatten sich schon bei ihr eingehakt und besetzten die besten Plätze an ihrer Seite. Als wir oben an einer Tür ankamen, zogen wir unsere Schuhe aus und stellten sie in ein großes Regal. Die Lehrerin öffnete die Tür.

Irgendwie war mir unheimlich zumute. Das Zimmer war klein und ganz schön dürftig eingerichtet. Die Tische und Stühle sahen aus, als seien sie vom Sperrmüll zusammengetragen. Die Lehrerin setzte sich an einen Tisch vor einer kleinen Wendetafel. Sie war vielleicht 25 Jahre alt. Jedenfalls war mir sofort aufgefallen, wie hübsch sie war. Sie hatte große ausdrucksvolle Augen und einen roten Kussmund. Ich meine, sie war eine von den Frauen, die sich nie schminken mussten. Ein Schneewittchen-Typ. Ich stellte mir ihre Haare vor. Bestimmt waren sie lang, gewellt und schwarz. Aber leider konnte ich das nicht sehen. Sie waren unter einem langen grauen Kopftuch verborgen. Jetzt sah ich auch den Ring. Es war ein weißer Perlenring. Der war echt klasse. So edel und dezent zugleich. So einen hatte ich noch nie gesehen.

»Hallo, du bist neu hier, nicht?«

Ich ging schnell zu ihr hin. Die Lehrerin sah mich von oben bis unten an. Oder kam es mir nur so vor? Jedenfalls musste ich aufpassen, dass ich mich, so gut es ging, normal verhielt.

»Ähm, ja, ich …« Ich räusperte mich. »Ich bin die Sinem und möchte gerne am Korankurs teilnehmen.« Ich konnte nichts dafür. Meine Stimme klang leise und rau.

»Schön«, sagte die Lehrerin. »Dann schlage ich vor, dass du dir das Ganze mal ein, zwei Stunden anschaust, dann kannst du dich ja immer noch anmelden.« Sie sagte auch, dass ich morgen noch mal kommen könnte, um mir dann auszusuchen, wann und in welcher Gruppe es mir lieber wäre.

Puh! Ich war froh, dass ich mich nicht gleich anmelden musste. Vielleicht hätten sonst meine Eltern ihre Zustimmung geben müssen. Das wäre schon ein Problem geworden. Die Lehrerin sagte, dass ich mich setzen sollte. Sieben Tische standen in der Mitte des Raumes. Der

Tisch der Lehrerin war quer vor den beiden vorderen Tischen aufgestellt. Ich wollte mich auf einen leeren Platz zwischen zwei Mädchen setzen, aber die beiden rückten schnell zusammen. Was sollte das denn? Fiel ihnen jetzt auf einmal ein, dass sie nebeneinandersitzen wollten? Von den drei freien Plätzen hatte ich mir ausgerechnet den falschen ausgesucht!

Ich zuckte gleichgültig mit den Schultern und setzte mich auf den gerade frei gewordenen Platz. Na ja. Mir war es völlig egal, zwischen welchen Kopftuchmädchen ich saß. Ich kannte doch sowieso keine von denen, und sie kennenzulernen hatte ich auch gar nicht vor. Überhaupt, man saß hier ganz schön eng zusammen. Zu eng, fand ich. Ich hasste das.

Die beiden Plätze an der Seite der Lehrerin waren natürlich schon besetzt und leider auch die Eckplätze ihr gegenüber. Da hätte ich am liebsten gesessen. Die Mädchen dort hatten wenigstens die eine Seite frei.

»So, ihr Lieben. Heute beginnen wir ausnahmsweise mit unserem Thema der Woche. Das Koranlesen können wir diesmal daran anschließen, okay?«

Was hieß denn Thema der Woche? Ich dachte, hier würde man Koranlesen lernen oder Arabisch.

Die Lehrerin schlug ein Ringbuchheft aus Umweltpapier auf. Die Seiten waren ziemlich vollgeschrieben. Solange die Lehrerin darin las, fixierte ich die gekritzelten Textblöcke in ihrem Heft, die mehrmals dick eingerahmt und mit Pfeilen verbunden waren. Was da wohl stand? Ich konnte zwar nichts lesen, aber wenigstens konnte ich so die neugierigen Blicke der Mädchen besser aushalten und musste ihnen nicht ständig ausweichen.

»Dschihad«, sagte die Lehrerin. Ich schreckte auf. »Das ist nämlich ein ganz wichtiges Thema, da werden wir ein wenig Zeit brauchen.«

Bingo! Das fing ja gut an. Heiliger Krieg als Thema. Wo war ich nur gelandet?

Ausweglos frei

Ist sie vielleicht nicht da? Canan steht an der Tür. Schon zwei
Mal hat sie die Klingel gedrückt. Es tut sich nichts. Wenn
Halime nicht da ist, dann – dann weiß sie nicht weiter.
Soll sie vielleicht anrufen? Canan holt ihr Handy heraus.
Plötzlich hört sie ein Geräusch. Jemand schließt auf. Canan
schaltet ihr Handy aus. Keiner darf jetzt anrufen.
»Ach, Canan, das ist ja eine Überraschung! Stehst du schon
lange da? Ich war gerade in der Küche und da höre ich nichts,
wenn der Abzug läuft.«
Canan schüttelt den Kopf. »Ist nicht schlimm, ich, ich …«
Wie nur soll sie es ihr sagen?
»Oh, komm doch rein, Canan, wie geht es dir?«
Canan tritt ein. Sie weiß nicht, wie sie anfangen soll. Sie
schaut sich um. So also wohnt Halime. Canan hat sich schon
oft vorgestellt, wie es bei Halime wohl aussieht. So ge-
schmackvoll modern, so klar und dezent. Das passt zu ihr.
»Was ist denn mit dir, geht es dir nicht gut?« Halime ist so
einfühlsam. Sofort hat sie gemerkt, dass etwas nicht stimmt.
Canan erzählt. Nicht das, was passiert ist. Nur dass sie
Probleme in der Schule hat und dass sie niemand versteht.
Niemand. Nicht einmal zu Hause. Ihre Eltern sind okay.
Aber sie machen ihr Druck. Sie kann nicht mehr. »Kann ich
bei dir bleiben? Nur für eine Weile? Bitte!«
Halime versteht nicht. »Okay«, sagt sie dann trotzdem. »Na-
türlich kannst du bleiben, aber wir müssen deinen Eltern
Bescheid geben.«
»Das habe ich schon. Ich habe gesagt, dass ich mit dir üben
will. Wir schreiben bald so viele Arbeiten. Sie haben es mir

erlaubt. Bei dir ist es was anderes.«

Canan lügt. Sie muss. Sie muss eine Weile weg, nachdenken. Über alles. Sie muss mit Halime reden, Klarheit gewinnen. Ihre Eltern hätten das nie erlaubt, wenn sie vorher gefragt hätte. Später werden sie bestimmt nicht sauer sein. Jedenfalls nicht so sehr. Nicht bei Halime. Und natürlich will sie es ihnen zeigen. Ihnen allen und ihr. Sinem. Bestimmt bekommt sie Ärger, wenn alle wissen, dass Canan verschwunden ist. Bestimmt. So wie sie sie vor allen angegriffen und beleidigt hat! Das erzählt sie Halime nicht. Natürlich nicht. Sie würde das unvernünftig finden. Ist es vielleicht auch. Aber Canan hat die Nase voll. Sie will etwas verändern. Sie muss.

»Ich muss noch kurz fertig kochen. Dann bin ich für dich da. Mach es dir gemütlich. Schalte den Fernseher ein, wenn du willst.«

Fernsehen ist eine gute Idee. Vielleicht kann sich Canan ein bisschen ablenken. Vielleicht auch Nachrichten schauen und Hausaufgaben machen. Aber wozu? Sie wird sowieso erst mal nicht mehr zur Schule gehen. In GL schon gar nicht. Sie schaltet den Fernseher ein. Es läuft nichts Gescheites. Sie zappt durch die Kanäle. Nichts. Nur Nachrichten. Sie stellt lauter. Nein. Nein! Das darf doch wohl nicht wahr sein! Sie will nichts mehr davon hören. Canan sinkt in sich zusammen. Was für ein Tag. Was für ein gemeiner, blöder Tag!

Lesen lernen

Die Lehrerin stand auf. Sie war nur etwas größer als ich. »Dschihad.« Sie schaute in die Runde. »An was denkt ihr dabei?«

»An Krieg«, sagte eine, die mir gegenübersaß. »Es heißt ja immer der heilige Krieg.« Ihr lilafarbenes Kopftuch und ihr Sweatshirt waren Ton in Ton. Zumindest farblich sah das echt gut aus und wirkte wie ein froher Farbklecks in diesem tristen Raum.

Das Mädchen, das rechts neben mir saß, meldete sich. Das war die, die rübergerutscht war, als ich mich zwischen sie und ihre Freundin setzen wollte. »Dschihad ist der heilige Krieg unserer Glaubensbrüder gegen die Ungläubigen!«

Was? Ich konnte es nicht fassen. Sie sagte das so, als hätte sie es aus einem Buch auswendig gelernt. Die musste ich mir genauer ansehen! Ich drehte mich ein wenig um, aber als sie es merkte, sah sie mir direkt ins Gesicht und rümpfte ihre sommersprossenübersäte Nase. Die Lehrerin lächelte kurz und wandte sich an das Lila-Mädchen. »Ihr denkt dabei also an Krieg. Gut. Aber einen Menschen zu töten ist doch eine große Sünde. Wie soll das denn mit Krieg vereinbar sein, was meint ihr?«

Gar nicht!, wollte ich rufen, aber ich beherrschte mich.

Das Lila-Mädchen wollte gerade etwas sagen, aber die Freundin von Sprossennase war schneller. »Krieg ist nichts Gutes, Hocam, aber wenn der Grund dafür ist, dass wir unsere Religion verbreiten, dann hat Gott es erlaubt.«

Wie bitte? Ich beugte mich vor. Das Mädchen sah nicht

älter aus als ich, war aber fast einen ganzen Kopf größer. Auch im Sitzen. Das passte gar nicht zu ihrer piepsigen Stimme.

Die Lehrerin hob die Augenbrauen. »Also, du meinst, dass Gott das Töten verboten hat, aber für den Glauben zu töten, hat er dann doch wieder erlaubt?«

Die Große mit der Piepsstimme zuckte mit den Schultern und sank enttäuscht in ihren Stuhl. Das geschah ihr recht. Irgendwie tat mir das gut.

»Also«, sagte die Lehrerin. »Töten und Krieg ist nicht mit unserem Glauben vereinbar. Natürlich nicht! Dschihad bedeutet nämlich nicht Krieg, schon gar nicht heiliger Krieg!« Ich war verwundert. Was denn sonst? »Anstrengung oder Bemühung. So ungefähr«, sagte sie, das würde dem Wort am ehesten gerecht werden, denn es sei sehr schwer, arabische Wörter eins zu eins zu übersetzen.

Ich musste aufpassen. War das nicht alles eine Taktik? Wie würde sie wohl die heutigen Kriege der Fundis rechtfertigen? Ich meine, so hübsch sie auch war, die Lehrerin konnte selbst eine Fundi sein. Sie behauptete, dass Kriege nach dem Koran selbst zu Zeiten des Propheten höchstens zur Verteidigung und zum Schutz des Glaubens geführt werden durften. Niemals dürfe man als Muslim jemanden angreifen; nur sich wehren.

»Ja, aber …« Das Lila-Mädchen hob die Hand. »Und warum führen dann manche Leute Krieg und behaupten, der wäre ihnen vom Koran vorgeschrieben?«

Genau das hätte ich jetzt auch gefragt. Das Lila-Mädchen gefiel mir. Jetzt war ich gespannt, aber die Lehrerin gab die Frage einfach weiter.

»Weiß jemand eine Antwort?«

Ein Mädchen hob die Hand. Sie musste siebzehn oder so sein, jedenfalls sah sie aus, als ob sie die Älteste hier wäre. Sprossennase und Piepsstimme flüsterten sich schnell etwas ins Ohr und schauten dann scheinheilig zu dem Mädchen.

»Na, weil diese Leute den Islam und den Glauben der Menschen missbrauchen!«

»Ganz genau!« Die Lehrerin nickte zustimmend.

Das wunderte mich.

Sie sagte, diese Leute würden für ihre wirtschaftlichen oder politischen Interessen den Koran einfach so interpretieren, wie es ihnen passte. So würden sie den Menschen eine Rechtfertigung für ihren eigenen Krieg geben, ähnlich wie es früher bei den Kreuzzügen gewesen war. Ich konnte es erst nicht glauben. Die Lehrerin sprach tatsächlich von den Fundis. Sie sah jetzt fast nur noch zu der Ältesten. Irgendwie ärgerte mich das. Ich durfte nichts sagen, und das gerade bei so einem Thema.

»Aber egal was andere Leute tun und sagen, das ändert nichts an der wahren Lehre des Islam. Das müsst ihr immer unterscheiden können. Deswegen sollt ihr Arabisch lesen lernen und hoffentlich irgendwann auch mal verstehen.« Die Lehrerin drehte sich um und schrieb arabische Zeichen an die Tafel.

جهاد

Piepsstimme meldete sich und schnalzte eifrig mit den Fingern. Als die Lehrerin sich umdrehte, las sie schnell »Dschi-had«.

Wie peinlich! Jedes Baby hätte gemerkt, dass sie mit ihrer

Schleimerei das von vorhin wieder gutmachen wollte.

»Genau«, sagte die Lehrerin. »Nach dem Koran bedeutet Dschihad also, dass man sich für den Glauben voll und ganz einsetzen muss, sein Bestes geben soll für die Verwirklichung höherer Werte. Wenn überhaupt kann Dschihad höchstens ›Kampf‹ bedeuten und am ehesten gegen die Begierde, die innere Verführung und das Ego.« Sie sah uns alle der Reihe nach an. »Das sind unsere größten Feinde, die einzigen, die uns vom wahren Glauben abhalten können!«

Begierde. Verführung. Das hatte ich schon oft gehört. Meine Mutter sagte das hin und wieder. Man solle sich beherrschen. Herr über das eigene *Nefs* sein. Ich mochte das Wort nicht. Das hörte sich so einengend an. Ich meine, als ob man sich nichts wünschen, nichts haben wollen dürfe. Jedenfalls hatte ich das immer so verstanden. Überhaupt, mir wurde es langsam zu eng hier. Sprossennase machte sich immer breiter. Sie und das Mädchen links neben mir schauten mich immer mal wieder von der Seite an und ich hatte das Gefühl, dass sie dabei immer noch ein Stück näher rückten. Als wollten sie herausfinden, was ich dachte. Das nervte total. Ich wollte raus hier.

»Dschihad ist eine Pflicht und ihr erfüllt sie jeden Tag«, sagte die Lehrerin.

Wie? Worauf wollte sie eigentlich hinaus? Ich sah zu dem Lila-Mädchen. Unsere Blicke trafen sich kurz.

»Ihr alle tragt Kopftücher und ihr wisst genau, dass das in dieser Gesellschaft nicht leicht ist. Das ist zum Beispiel euer alltäglicher Einsatz – wenn ihr so wollt –, euer Kampf im Innern, für euren Glauben. Versteht ihr?«

Alle schwiegen.

»Könnt ihr das nachvollziehen?«

»Ja natürlich, Hocam!«, sagte Sprossennase.

Die Lehrerin zog zweifelnd die Augenbrauen zusammen.

»Das ist ganz wichtig. Auch mir dürft ihr nicht alles unhinterfragt glauben.«

»Aber natürlich glauben wir Ihnen, Hocam!«, sagte Piepsstimme. Oje. Ich hielt es fast nicht mehr aus. Die beiden wurden immer peinlicher.

»Was ich meine, ist, dass ihr immer auf euer Herz und auf euren Verstand hören müsst!«, sagte die Lehrerin.

Wow! Irgendwie gefiel sie mir. Ich meine, nicht nur, wie sie aussah. Sie konnte keine Fundi sein. Nein, bestimmt nicht. Oder doch? Eigentlich hatte ich mir noch nie vorstellen können, dass Gott zum Krieg aufrief. Aber ich hatte nicht verstanden, wie das zusammenpassen sollte, wenn doch Dschihad heiliger Krieg bedeutete. Na ja, jedenfalls hatte ich das im Fernsehen immer so verstanden. Natürlich wusste ich, dass es immer schon bescheuerte Leute gab, die den Glauben ausnutzten, und noch mehr bescheuerte Leute, die das dann auch noch glaubten. Ich hatte schon so unglaublich dummes Zeug gehört, von wegen, man dürfe nachts nicht pfeifen oder sich die Nägel schneiden. Und immer, wenn ich gefragt hatte: »Warum denn nicht?«, hieß es, dass das so im Koran stünde. Blödsinn! So etwas kann gar nicht im Koran stehen. Das war mir klar, auch ohne dass ich ihn lesen musste.

Ich meine, man konnte vielen ungebildeten Leuten einfach alles erzählen, wenn man sich nur Hodscha nannte und ihnen Angst vor Gottes Strafe machte. Darüber hatten mein Vater und ich schon oft geredet. Er sagte immer, das würden die nur machen, damit die Menschen aus lauter Angst keine Fragen stellten und immer schön dumm blieben. Aber hier? Hier konnte man doch. Jedenfalls hatte das Lila-Mädchen etwas gefragt und eine Antwort bekommen.

»So, wenn ihr keine weiteren Fragen mehr habt, können wir ja mit dem Koranlesen weitermachen«, sagte die Lehrerin.

Keine hatte mehr Fragen. Ich schon. Eine. Ich dachte an Canan. Wo sie hier wohl gesessen hatte? Sollte ich es wagen? Nein. Ich musste noch warten. Ich konnte ja schließlich nicht einfach damit herausplatzen.

Ein paar Mädchen holten dicke Bücher heraus, küssten sie und führten sie an die Stirn. Drei Mal. Das waren bestimmt Korane. Sie waren mit goldenen Ornamenten verziert. Andere schlugen ein dünnes Heftchen auf. Was das für Hefte waren, erkannte ich nicht. Jedenfalls lasen sie auch in ihnen von rechts nach links. Ich hatte nichts zum Aufschlagen und schaute mich um.

»Mach dir keine Sorgen. Hier ist jede unterschiedlich weit. Ich komme zu jeder von euch, wann immer ihr Hilfe braucht.« Die Lehrerin bat Sprossennase, mit ihr die Plätze zu tauschen, damit sie sich neben mich setzen konnte.

»Natürlich, Hocam!«, sagte sie.

Ich lächelte sie an und wollte mich bedanken. Als sie das sah, erstarrte ihr schleimiges Grinsen und sie drehte sich einfach weg.

Die Lehrerin sagte, dass ich auch jedes andere Mädchen

hier fragen könnte, das weiter sei als ich. Sie würden gerne helfen. Na ja, Sprossennase und Piepsstimme bestimmt nicht, dachte ich. Trotzdem. Das war gut zu wissen. So konnte ich vielleicht nebenbei etwas über Canan herausfinden, ohne aufzufallen. »Kannst du denn schon Arabisch lesen?«

Ich schüttelte den Kopf und brachte ein »Leider nicht!« heraus. Natürlich hatte ich nicht vor, Arabisch zu lernen, aber ich dachte, das würde sicher Eindruck machen.

»Also, da wirst du ein *Elifba* brauchen. Ich werde dir nachher eins von unten holen. Es kostet einen Euro.« Sie fragte die Mädchen, ob mir nicht eine von den Fortgeschrittenen solange ihres ausleihen könnte.

»Kannst du behalten«, sagte das Lila-Mädchen und reichte mir ihr Heft herüber. »Ich brauche es nicht mehr.«

Nett, fand ich. Sie las schon im Koran, war also eine von den Fortgeschrittenen.

»So, dann fangen wir mal an«, sagte die Lehrerin.

Ich schlug das Heft auf und bekam erst mal einen Schock. Wie sollte ich da durchblicken? Ich meine, ich wusste schon, wie arabische Buchstaben aussehen. Wir hatten auch ein oder zwei Korane zu Hause und ich fand auch, dass die arabische Schrift sehr schön aussah. Aber ich hatte nie daran gedacht, dass ich sie jemals entziffern lernen sollte. Die wichtigsten Gebete, die ich kannte, hatte ich aus einem türkischen Buch auswendig gelernt. Meine Mutter hatte darauf bestanden, dass ich sie lerne. Das *Elham* zum Beispiel, das war so wichtig und bekannt wie das Vaterunser für die Christen. Meine Mutter meinte, das würde man immer brauchen. Aber ich brauchte es nicht. Ich sprach lieber mit Gott, wie ich wollte. Na ja, manchmal, wenn es mir ganz schlecht ging, betete ich auch auf Arabisch. Aber in dem Buch, da waren die arabischen Worte wenigstens in lateinischer Schrift aufgeschrieben gewesen und es waren auch Übersetzungen drin. Das konnte ich lesen und verstehen. Hier in diesem Heft konnte ich gar nichts lesen. Hier stand kein einziges Wort auf Türkisch.

»Es sieht nur schwer aus. Alles halb so schlimm!« Die Lehrerin lächelte aufmunternd und legte kurz den Arm um mich. »Sieh mal, ich schreibe dir auf, wie man die Buchstaben auf Türkisch ausspricht, und du schaust dir genau an, wie sie aussehen. Dann sehen wir weiter.« Sie sagte, dass jeder Buchstabe verschiedene Schreibweisen habe, je nachdem, ob er am Anfang, in der Mitte oder am Ende eines Wortes steht. Oje, noch komplizierter ging es wohl nicht!

»Elif, Be, Te, Se, Cim, Ha, Hı, Dal, Zel, Rı, Ze, Sin, Şın, Sat, Dat, Tı, Zı, Ayın, Gayın, Fe, Kâf, Kef, Lem, Mim, Nun, Vav, He, Lâmelif, Ye.«

Das war also das *arabische Alphabet.* Irgendwie lustig und auch schön. *Lâmelif* fand ich am besten. Lâmelif. Ich flüsterte es ein paarmal vor mich hin. Aber ich hatte gar keine Lust, das alles jetzt auswendig zu lernen. Überhaupt: Mir wurde jetzt erst richtig bewusst, dass ich hier lernen musste. Ich wollte doch nur etwas über Canan erfahren. Zum Glück blieb die Lehrerin nicht so lange bei mir. Schließlich musste sie sich ja auch um die anderen kümmern.

»Arzu, warum übst du nicht? Hast du deinen Koran vergessen?«

Ich sah auf. Das kleine Mädchen schräg gegenüber war ziemlich dünn, fast mager. Das war mir gar nicht aufgefallen. Vielleicht hatte das an ihrem Kopftuch gelegen? Es war länger als das der anderen und bedeckte fast ihren ganzen Oberkörper. Es war ein Gebetstuch, glaube ich. Es war weiß und hatte einen Spitzenrand. Jedenfalls setzte meine Oma immer so eins auf, wenn sie auf dem Teppich betete.

»Nein, Hocam, ich kann nicht«, sagte das Mädchen und verzerrte dabei sein Gesicht so eigenartig. »Sie wissen schon – ähm – ich habe meine Tage bekommen.«

»Oh, herzlichen Glückwunsch!« Die Lehrerin umarmte sie und küsste sie auf die Wangen. »Willkommen unter den Frauen!«

Dem Mädchen, dieser Arzu, schien es eher peinlich zu sein. Jedenfalls sah sie nicht so aus, als ob sie das freute.

»So, aber jetzt hol bitte deinen Koran raus!«

Arzu riss die Augen auf und schaute entsetzt.

»Was ist denn, Arzu?«

»Meine Mutter sagt, das geht nicht, man darf den Koran nicht anfassen, wenn man seine Tage hat. Außerdem steht das auch in diesem Buch, hier!«

Jetzt schaute die Lehrerin entsetzt. »Nein, nicht das!«

Nur nicht auffallen

Die Lehrerin musste nicht lange blättern, um die richtige Seite zu finden. Sie presste die Augen zusammen. Nur für einen Moment, so als müsse sie sich sammeln. »Also gut, hört zu:

Hayız ve nifas hallerinde yapılması haram olan şeyler (…) Kur'ana el sürmek (Bir âyet bile olsa …). Kağit, bez ve duvar üzerinde bile olsa, âyete dokunamaz. Ancak, yapışık ve dikişli olmayan bir kılıf ile dokunabilir. Elbisenin yeni ile tutmak da tahrîmen mekruhtur.« [*]

Ich verstand nur die Hälfte von dem, was sie da las. Das hörte sich zwar alles Türkisch an, und das war es auch, aber da waren lauter alttürkische Wörter drin, die ich nicht kannte.

»Was habt ihr davon verstanden?«, fragte die Lehrerin.

»Dass man noch nicht mal einen Koranvers anfassen darf, wenn man seine Tage oder noch etwas anderes hat«, sagte die Älteste. »Nesaf oder Nefas oder so. Ich kenne das Wort nicht.«

Die Lehrerin blätterte hin und her. »Nifas«, korrigierte sie. »Hier, ein paar Seiten vorher gibt es eine ganz genaue Definition ›der Zustände, die die Frauen betreffen‹.« Sie schüttelte den Kopf. »Und Nifas bedeutet die Blutung nach der Geburt.«

* Muhtasar İlmihal. Resimli namaz Hocası. Fazilet Neşriyat ve Ticaret A.Ş. İstanbul, S. 49

Wie? Man blutete nach der Geburt? Wie schrecklich! Und überhaupt, man durfte den Koran nicht anfassen, wenn man seine Tage hatte? Wozu sollte das denn gut sein?

»Höchstens über eine Hülle, die keine Naht hat oder geklebt wurde«, sagte die Lehrerin. »Und das Berühren mit dem Ärmel der Kleidung ist zwar nicht verboten, aber zu vermeiden.«

Jetzt konnte ich nicht mehr. »Was für ein Unsinn!« Es platzte einfach aus mir heraus. Alle starrten mich an. Mist! Wie dumm. Ich hätte mich beherrschen sollen. »Ähm, ich meine …«

Auf einmal hörten wir ein Gerumpel, als würde eine Horde Elefanten die Treppen hochtrampeln. Jetzt starrten alle zur Tür. Was für ein Glück! Plötzlich wurde die Tür aufgerissen. Ein älterer Mann mit Bart stürzte herein. Dahinter … O nein! Die kannte ich ja. Das waren die beiden Polizisten. Ich drehte mich sofort wieder um und sah in mein Heft. Nein. Das war ja noch auffälliger! Also drehte ich mich wieder zur Tür und zog mir das Kopftuch tiefer ins Gesicht.

»Was ist denn, Vater?« Die Lehrerin schaute total verwirrt.

»Die, die suchen nach einem Mädchen. Es ist verschwunden.«

»Was?«

Die Lehrerin gab ihm ihren Stuhl. Der alte Mann war ganz schön außer Puste, schnappte nach Luft. Das schien dem Beamten völlig egal zu sein. Er stolzierte um uns herum, stellte sich an das Pult der Lehrerin und blätterte in ihrem Ringbuchheft. Wie der sich anstellte! Durfte er das überhaupt? Als seine Kollegin sich räusperte, klappte er das Heft zu, ließ aber seine Hand darauf.

Jetzt sah ich auch, dass beide ihre Schuhe nicht ausgezogen hatten. Unmöglich war das! Ob das der Lehrerin auch aufgefallen war?

»Wir suchen Canan Zambak. Sie ist seit Montagabend verschwunden. Wissen Sie etwas?«

»Canan?«, schrie die Lehrerin auf. Sie presste die Hand auf den Mund und riss die Augen weit auf. Sie war völlig entsetzt.

»Canan?« Die Mädchen waren auf einmal ganz aufgeregt und tuschelten wild durcheinander.

Gerade als die Lehrerin sich etwas gefasst hatte, um der Polizistin zu antworten, platzte der Beamte dazwischen. »Was machen Sie hier eigentlich?«

Verwirrt wandte sich die Lehrerin ihm zu. »Was, was meinen Sie? Wonach sieht es denn aus?«

»Schon klar!« Der Beamte ging um den Tisch und nahm einen Koran in die Hand. Er leckte sich den Finger ab und blätterte darin wie in einer Zeitschrift. »Was habt ihr denn gerade durchgenommen?« Als er hochschaute, sah er mir direkt ins Gesicht. Ich schreckte zusammen, sah schnell runter in mein Heft. Bitte, lieber Gott. Bitte, bitte, hoffentlich erkennt er mich nicht. »Na?«

Piepsstimme meldete sich. »Wir haben gerade darüber gesprochen, wann man den Koran nicht anfassen darf.«

Der Beamte legte den Kopf auf die Seite und sah sie prüfend an. »So? Und wann, wenn ich fragen darf?«

»Wenn man unrein ist!«, sagte die Lehrerin und stellte sich hinter Piepsstimme. Wie cool! Ihre Stimme klang auf einmal ganz fest, fast wütend.

Der Polizist rümpfte angewidert die Nase und ließ den Koran auf den Tisch knallen. Ich konnte es nicht fassen. Das Mädchen, dem das Buch gehörte, hob es sofort auf und drückte es fest an die Brust. Ich hoffte, dass die Polizistin etwas sagen würde, aber die tat so, als hätte sie es nicht gesehen.

»Also, Canan Zambak ist nicht hier?«, fragte sie.

»Nein«, sagte die Lehrerin bestimmt. »Sie kommt immer mittwochs in den Korankurs. Letzte Woche war sie noch da.«

»Hat sie vielleicht mal etwas gesagt. Können Sie nachvollziehen, warum sie verschwunden ist?«

Die Lehrerin schüttelte den Kopf. »Ich habe es ja gerade erst erfahren, dass sie …«

»Oder hat sie vielleicht besondere Kontakte?« Der Polizist hatte sich schon wieder eingemischt und betonte seine Frage so eigenartig.

»Was soll das heißen?«

»Na, hat sie Kontakte zu Erwachsenen mit – na, sagen wir mal – radikalen Ansichten?« Er grinste frech.

Die Lehrerin verschränkte die Arme. »Ich weiß nicht, was oder wen sie meinen. Canan ist ein ganz normales Mädchen. Und sie ist gläubig. Na und? Was …«

Der Polizist wandte sich von der Lehrerin ab, noch während sie antwortete, und entdeckte die Tafel. »Was steht hier?« Er sah in die Runde und scherte sich gar nicht mehr um die Lehrerin.

Alle schwiegen und stierten betroffen vor sich hin. Bis auf Piepsstimme. Ich bemerkte, wie sie auf ihrem Stuhl hin und her rutschte.

»Und?« Der Polizist wurde ungeduldig.

Oje! Was würde passieren, wenn diese vorlaute Ziege das wieder vorlesen würde? »Ähm …« Ich hob die Hand. »Amin«, sagte ich schnell. Alle starrten mich verwundert an. »Das, das sagt man am Ende eines Gebets, so wie Amen auf Deutsch.« Ich wurde bestimmt knallrot. Jedenfalls wurde mir ganz heiß.

»Moment mal. Dich kenne ich doch!« Als der Polizist das gesagt hatte, stellte sich die Beamtin neben ihn und sah mir verwundert ins Gesicht. »Ja! Du warst doch gestern bei der Vermissten zu Hause?«

Ich nickte und wollte gleichzeitig im Erdboden versinken. Hoffentlich merkte die Lehrerin jetzt nicht, dass ich wegen Canan hier war.

»Es ist sicher nicht leicht für dich, dass deine Freundin weg ist.«

War das eine Feststellung oder eine Frage? Jedenfalls kannte ich den betont mitfühlenden Blick der Polizistin schon, mit dem sie mich jetzt ansah. Ich wusste jedenfalls nichts zu antworten und nickte einfach wieder. So verzweifelt ich nur konnte. Ich meine, das passte mir jetzt, dass sie annahm, Canan und ich seien gute Freundinnen. Ausnahmsweise. Endlich wandte sie sich von mir ab und fragte die Mädchen, ob denn eines wüsste, wo Canan sein könnte. Alle schüttelten betroffen den Kopf oder sagten Nein.

»Na gut«, sagte die Polizistin und gab der Lehrerin eine Karte mit ihrem Namen und ihrer Dienststelle, »das war's dann. Bitte melden Sie sich, falls Ihnen noch etwas einfallen sollte!«

Sie war gerade zur Tür raus, da nahm sich der Beamte einfach das Heft der Lehrerin und wollte hinterhergehen. »Das sind meine persönlichen Unterrichtsaufzeichnungen. Ich denke nicht, dass Sie sie mitnehmen dürfen!« Die Lehrerin zog dem Polizisten das Heft aus der Hand. Wie cool! Sie wirkte so selbstsicher, dass er nichts machen konnte.

Er grinste nur und ging.

Als wir wieder allein waren, setzte sich die Lehrerin, stützte ihre Stirn auf beide Hände und starrte minutenlang auf den Tisch. Sie musste völlig fertig sein. Die Situation war ganz schön angespannt. Keiner wagte es, einen Ton von sich zu geben. Alle dachten wohl an Canan. Dann auf einmal nahm die Lehrerin ihr Kopftuch ab und zog ihre Haare am Ende auseinander, sodass sich ihr Pferdeschwanz straffte. Ihr Haar war so, wie ich es mir vorgestellt hatte. Schwarz und gewellt. Ich konnte es kaum bewundern, da strich sie ein paar kurze Kraushaare aus der Stirn und setzte das Tuch wieder auf.

»Du wusstest, dass Canan verschwunden ist?« Oje! Die Lehrerin schaute mir direkt in die Augen. War sie sauer? Ich versuchte ihren Blick zu deuten. Vergeblich.

»Ähm, ja, sie ist ja auch in meiner Klasse.«

»Und wieso hast du nichts gesagt?«

Ich zuckte unschuldig mit den Schultern. »Ich wusste doch nicht, dass Sie es nicht wissen.«

Sie sah mich prüfend an. Zum Glück hatten die Polizisten nicht gesagt, dass ausgerechnet ich sie darauf gebracht hatte, in der Moschee zu suchen.

»Hm. Jedenfalls hast du schnell reagiert vorhin. Sie hätten das mit dem Dschihad nicht verstanden, so wie der Polizist sich aufgeführt hat.«

Ich lächelte. Das war wirklich gut gewesen. Das fand ich auch. Jetzt erst sah ich, dass mich auch die Mädchen so bewundernd anschauten. Na ja. Bis auf Sprossennase und Piepsstimme. Das waren eher neidische Blicke.

»Danke«, sagte die Lehrerin und sah auf die Uhr. »Tja, also, wir haben noch etwas Zeit. Wo waren wir stehengeblieben?« Sie schüttelte den Kopf, als wollte sie ihre Gedanken loswerden, das alles wieder schnell vergessen.

Piepsstimme meldete sich. »Sie hat gesagt, dass sie das mit dem Korananfassen für Unsinn hält!« Ich konnte es kaum glauben. Piepsstimme zeigte auf mich. Blöde Kuh! Wie fies die war. Die Lehrerin wirkte abwesend und schien sich erst gar nicht zu erinnern. Piepsstimme hielt ihren Finger so lange auf mich gerichtet, bis die Lehrerin wieder auflebte.

»Ach ja!« Auf einmal lächelte sie. »Du hattest recht, Sinem! Natürlich ist das Unsinn. Ihr könnt den Koran immer anfassen. Genau das meine ich ja. Hört auf euer Herz und auf euren Verstand.« Sie wandte sich an Arzu. Die schaute ganz schön verwirrt. So wie ich nun wohl auch. »Ein für alle Mal: Wenn Frauen oder Mädchen ihre Tage haben oder sonst wie bluten, sind sie nicht schmutzig! Das ist ein uralter Aberglaube, der sich in fast alle Religionen geschlichen hat.« Jetzt schaute die Lehrerin die ganze Zeit mich beim Reden an. Sie sagte, dass selbst heutzutage und sogar in Deutschland bestimmte Mythen überlebt hätten. Zum Beispiel dass Milch sauer würde, wenn eine menstruierende Frau sie berührte, oder dass Filme bei der Entwicklung beschädigt würden allein durch die Anwesenheit einer Frau, die ihre Tage hat.

Als sie das gesagt hatte, kicherten die Mädchen. Selbst Piepsstimme und Sprossennase. Ich nicht. Ich konnte es nicht fassen. Wie konnte man nur an so etwas Bescheuertes glauben?

»Was ich allerdings nachvollziehen kann«, sagte die Lehrerin, »ist, dass menstruierende Frauen nach dem Koran nicht beten und fasten brauchen. Das ist ein Unterschied. Genauso wie Kranke oder Reisende dürfen sie sich schonen und sind ihrer Pflichten entbunden.«

»Aber das Buch, das habe ich von meinem Bruder. Das lesen die Jungs im Korankurs«, sagte Arzu.

Ich verstand es nicht. Warum versuchte sie es immer noch zu verteidigen?

Die Lehrerin hob verzweifelt die Hände. »Ich versuche es seit Jahren, aber mein Vater lässt sich nicht überreden. Er möchte nicht auf dieses Buch verzichten.« Die Lehrerin sagte, dass es traurig sei, solch rückständige Gedanken in einem Islam-Lehrbuch zu finden und ihr Vater – er war wohl der Hodscha dieser Moschee – es auch noch gut finden würde. »Gott hat euch so erschaffen, wie ihr seid. Da braucht ihr euch nicht zu schämen oder zu verstecken.«

Ich hob die Hand. Ich konnte nicht anders. Aufgefallen war ich hier ja sowieso schon oft genug an diesem Tag. »Und warum soll man dann Kopftücher tragen? Ich meine, wenn man sich doch nicht zu verstecken braucht?«

Die Lehrerin lächelte wieder. »Das ist eine gute Frage.

Aber lasst uns das nächste Mal darüber reden. Für heute ist der Kurs zu Ende.«

Nur (irgend)ein Mädchen

Jetzt ist es Nacht. Ihre erste Nacht weg von zu Hause. Das Bett ist bequem, das Kissen weich. Trotzdem. Canan kann nicht schlafen. Es riecht fremd. Es ist laut. Sie hört ihr Blut rauschen, ihr Herz klopfen. Was ihre Eltern wohl machen? Und Cemile und Can? Canan muss weinen. Sie hat sie enttäuscht. Bestimmt. Und sie hat gelogen. Ausgerechnet Halime hat sie angelogen. Eben auch noch mal. Als Halime nach der Schule gefragt hat. »Meine Mutter wird mich entschuldigen. Es ist ihr wichtiger, dass ich mit dir übe.« Das Kissen ist nass. »Mein Gott, lass es Morgen werden. Und bitte hilf mir. Bismillahirrahmanirrahim …«

Halime muss wohl sehr früh aufgestanden sein. Der Frühstückstisch ist schon gedeckt. Canan hat keinen Hunger. Sie ist nur froh, dass Halime heute nicht arbeiten muss. Canan muss reden. Weiterreden. Halime schenkt ihr Tee ein, schaut ihr in die Augen, nimmt sie ernst.
»Und du willst unbedingt Lehrerin werden?«
Canan nickt. Natürlich. Etwas anderes kann sie sich gar nicht vorstellen. Aber das Kopftuch abzunehmen, das kann sie sich auch nicht vorstellen. Ihre Eltern sehen das anders. Das Kopftuch ist ihnen nicht so wichtig, wie es die Schule und ihre Karriere sind. Sie soll sich anstrengen, soll gut sein in der Schule, soll einen vernünftigen Beruf lernen. »Danach kannst du machen, was du willst!« Das sagen sie immer wieder. Und was ist mit jetzt? Ist sie denn jetzt nicht wichtig? Canan wird wieder wütend.
»Sie nehmen mich nicht ernst.« Sie denkt an die Praktikums-

wochen. Als sie keinen Praktikumsplatz bekommen hat, da wollten ihre Eltern sie sogar zwingen das Kopftuch abzunehmen, statt sich für sie einzusetzen.

»Aber deine Eltern sind doch auch gläubige Menschen?« Canan rollt die Augen, ihre Hände flattern hin und her. »Ja, dass sie mir alles verbieten, das ist für sie Religion!« Canans Zähne klappern beim Erzählen. Sie kann es nicht kontrollieren. Ihre Eltern haben doch keine Ahnung. Sie wissen überhaupt nicht, was es bedeutet, richtig zu glauben, so wie sie und wie Halime. Sie leben so, wie sie es kennen, tun das, was ihnen andere über die Religion erzählen. Sie sind einfach nur rückständig und traditionell.

Canan hat es satt. So satt. Dabei dachte sie immer, dass Glauben Freiheit bedeutet, aber sie fühlt sich nicht frei. Sie merkt, wie ihr die Tränen kommen. Wie dumm. Anfangs hatte sie gehofft, dass ihre Eltern lockerer werden würden, wenn sie ein Kopftuch trägt. Sie waren ja auch froh, als sie in den Korankurs gehen wollte. Aber es hat sich nichts geändert. Canan ist und bleibt für sie in erster Linie ein Mädchen. Und Mädchen muss man schützen.

»Hast du denn niemanden? Ich meine, Freundinnen?«

Schon. Ein paar. Die Mädchen aus der Koranschule. Die sind nett, aber was hat sie mit ihnen schon gemeinsam außer Kopftuch und Koranlesen? Sie darf sich nicht mit ihnen treffen. Sie soll lernen. Und in der Schule? Canan schluckt. Ihr Hals ist ganz trocken. Da ist sie sowieso niemand. Da ist sie nur das Mädchen mit Kopftuch. Die Tränen rollen. Canan kann nicht mehr reden.

Es klingelt. Erdoğan, Halimes Mann, kommt heim. Von der Nachtschicht. Canan hat ihn schon mal kennengelernt. Auf einem Mevlid. Er hat einen Kollegen vom Flughafen dabei. Mert heißt er. Canan ist allein mit ihm. Halime und Erdoğan sind in der Küche. Ob Erdoğan was dagegen hat, dass Canan da ist?

Der Typ setzt sich erst, als Canan sich gesetzt hat. Wie höflich! Und nett! Er siezt sie und fragt, wie es ihr geht. Er lächelt. Er lässt die Augen nicht von ihr. Canan wird rot. Wo bleibt nur Halime?

Eine von denen

»Kommst du morgen auch?«

Das Lila-Mädchen hieß Hülya. Sie war etwas kleiner als ich. Ich überlegte kurz. Sollte ich? Ich meine, die Lehrerin war sicher keine Fundi und über Canan konnte ich in der Moschee bestimmt nichts mehr herausfinden. Oder doch? Jedenfalls wollte ich nicht einfach wieder verschwinden, so wie ich aufgetaucht war. Das würde sicher komisch wirken. Ich dachte mir, dass ich das Angebot der Lehrerin annehmen und mir beide Stunden ansehen sollte. Danach konnte ich ja immer noch absagen.

»Ja, ich denke schon. Bist du denn auch da?«

Hülya sagte, dass einige der Mädchen an beiden Tagen kämen. Sie auch. »So kommt man schneller voran.«

Ich nickte. Das konnte ich verstehen. »Es ist sicher sehr schwer, Arabisch lesen zu lernen.«

Am Tor nahm ich das Kopftuch ab. Hülya und die anderen Mädchen nicht.

Es dämmerte schon. Vielleicht lag es daran, dass die meisten Mädchen zusammenblieben und als Gruppe liefen. Hülya und ich waren ganz hinten, aber irgendwie wollte sie den Anschluss an die Gruppe nicht verlieren.

»Wie weit ist eigentlich Canan mit dem Koranlesen?«, fragte ich.

»Sie kann das schon richtig gut«, sagte Hülya. »Sie ist aber auch schon am längsten dabei.« Wir schwiegen eine Weile, dann sagte sie plötzlich: »O Mann. Hoffentlich ist ihr nichts Schlimmes passiert!«

»Ja, hoffentlich!«

»Canan ist so nett und hilft immer gern, nicht?«

Ich nickte, obwohl ich dazu gar nichts sagen konnte. Ich meine, schließlich hatte ich erzählt, dass Canan in meiner Klasse war. Dabei hatte ich sie die letzten Jahre völlig ignoriert. Na ja. Bis auf vorgestern.

»Sie ist auch die Lieblingsschülerin unserer *Hoca hanım*«, sagte Hülya. »Ich meine, sie duzen sich sogar.« Sie blieb stehen und fasste mich am Arm. »Hey, aber sag das bitte niemandem. Das hört sie nicht gern, die Hoca hanım.«

»Na klar! Aber warum sagt ihr nicht alle einfach Du zu ihr?«

Hülya zuckte mit den Schultern. »Keine Ahnung. Sie hat es uns allen angeboten, aber ich trau mich nicht. Sie ist doch viel älter als wir.«

Das verstand ich nicht. Ich meine, ich konnte Erwachsene auch nicht einfach so duzen. Aber wenn jemand einem das Du anbot, dann war es doch egal, wie alt er ist! Und außerdem, so viel älter war die Lehrerin auch wieder nicht. Ich wunderte mich, dass Canan sich offensichtlich traute. Aber vielleicht hatte sie es als »Lieblingsschülerin« auch leichter. Wie auch immer. Ich wollte Hülya nicht kritisieren und zeigte auf die anderen. »Wo müsst ihr denn eigentlich alle hin?«

»Wir begleiten Rana und Ca…« Hülya fasste sich an die Stirn. »Ach, ich muss immer an sie denken. Ich meine, Rana.« Sie zeigte auf Sprossennase. »Sie wohnt hier um die Ecke, aber wir begleiten sie immer heim, damit sie nicht allein gehen muss. Danach gehen wir zur Straßenbahn-Station.« Hülya fragte mich, ob ich ein Stück mitgehen wollte.

»Ja, okay«, sagte ich, obwohl es mir völlig egal war, ob diese gemeine Ziege allein nach Hause gehen musste oder nicht. Aber irgendwie fand ich es ganz schön, mich mit Hülya zu unterhalten. Nicht nur weil sie sagte, dass sie es total klasse fand, wie spontan mir das mit dem »Amen« eingefallen war. Sie war einfach irgendwie nett.

Gerade als wir über den Unrein-Spruch der Lehrerin grinsten, mit dem sie den Polizisten platt gemacht hatte, hörte ich lautes Gelächter. Moment mal. Die kannte ich doch! Das waren Tom, Pedro, Jonas und Michi aus meiner Klasse. Auch ein paar Mädchen waren dabei. Julia, Anna und … und Meli! Jetzt erst merkte ich, dass wir am Jugendclub angekommen waren, wo mittwochs immer coole Kinofilme gezeigt wurden. Da wollte Meli ja eigentlich mit mir hin. Oje. Mir wurde plötzlich seltsam zumute. Wie sollte ich da jetzt unauffällig durch?

»Hallo, ich bin die *Eische,* ich bin so hässlich, dass ich mich verschleiern muss!«

Tom hatte sich seine Jacke über den Kopf gestülpt und tat so, als sei er eine verschleierte Frau. Lachte Meli etwa auch? Die Mädchen vom Korankurs sagten nichts und versuchten nur schnell vorbeizukommen. Als Piepsstimme gerade an Tom vorbeilaufen wollte, zupfte der sogar an ihrem Kopftuch. Sie hielt es nur fest und ging schnell weiter. Jetzt war sie auf einmal gar nicht mehr frech. Trotzdem, was sollte das von Tom? Ich war völlig durcheinander. Was sollte ich tun? Plötzlich waren alle still. Julia hatte mich entdeckt und Meli angestupst. Alle schauten mich mit offenem Mund an. Mir war klar, dass das keiner von mir erwartet hatte. Ich meine, dass ich mit

Kopftuch-Mädchen herumlief. Schon gar nicht nach der Diskussion vorgestern.

Tom war der Erste, der etwas sagte. »Seht mal, Sinem ist jetzt auch eine von denen. Tss, tss! Wie schnell man sich ändern kann!« Er schüttelte verachtend den Kopf und drehte sich um. »Wusste ich's doch. Die sind alle gleich!« Was hatte er gesagt? Dieses Schwein! Er dachte wohl, ich hätte es nicht gehört! Der war schon immer mal so, mal so. Ich wusste nie, woran ich an ihm war. Immer mal wieder ließ er rechte Sprüche fallen, so wie »Deutschland den Deutschen«. Dann wieder lachte er darüber und alle gingen davon aus, dass er nur Spaß gemacht hatte. Aber mir gegenüber hatte er sich so was noch nie getraut. Auch nicht im Spaß. Und jetzt? Ich war völlig platt. So etwas musste ich mir nicht anhören! Ich schaute zu Meli. Aber die hatte sich umgedreht und ging gerade mit Julia und Anna in den Club. Das war also meine beste Freundin! Ich konnte es nicht fassen. Ich riss mich zusammen.

»Tom, du Nazi-Arsch! Jetzt wissen wir wenigstens, wie du wirklich bist!«, rief ich ihm hinterher.

Tom drehte sich mit weit aufgerissenen Augen um. Ich ging auf ihn zu.

»Komm, Sinem, das geht zu weit. Das hat er doch nicht so gemeint!«, sagte Pedro.

»Ach ja? Und wie hat er es gemeint?«

Tom baute sich vor mir auf, hielt mir drohend die Fäuste entgegen. »Was hast du gesagt?«

»Ich kann es gern wiederholen.« Ich wich nicht von der Stelle und fixierte seine Augen.

Pedro ging dazwischen. Michi zog Tom weg.

»Komm, Sinem!«, rief Hülya. »Lass uns gehen.«

Ich blieb stehen. Ich konnte mich nicht bewegen, selbst wenn ich es gewollt hätte.

Tom riss sich los und drehte sich um. »Dasselbe kann man übrigens von dir behaupten!«, brüllte er mir ins Gesicht, dann ging er den anderen hinterher.

Ich weiß gar nicht mehr, wie ich an dem Abend heimgekommen bin und was wir mit den Mädchen aus dem Korankurs noch geredet haben. Ich war so wütend. So sehr! Was hatte Tom gemeint? Was konnte man von mir behaupten? Dass jetzt alle wussten, wie ich wirklich war? Wie denn? Nur weil ich mit den Kopftuch-Mädchen zusammen war? Damit war ich doch nicht gleich eine von denen! Und überhaupt, wie konnte der nur sein Nazi-Gehabe mit Gläubigkeit vergleichen? Ich konnte es nicht fassen. Und was war mit den anderen los gewesen? Mit Meli? Dass sie so feige war, hatte ich noch nie erlebt. Ich heulte und heulte. Vor Wut. Vor Enttäuschung. Ach. Ich weiß nicht.

Es klopfte. Mein Vater rief mich zum Essen. Das hieß, dass er gekocht hatte. Das schmeckte immer so gut, dass Erdem und ich jedes Mal ins Esszimmer stürzten und meine Mutter beleidigt war.

»Ich habe keinen Hunger, Papa.«

»Wie bitte?« Mein Vater dachte bestimmt, dass ich scherzen würde.

»Nein, wirklich. Ich habe ein bisschen Bauchweh. Ich lege mich gleich hin.«

Wenn ich »Bauchweh« sagte, ließ mein Vater mich in Ruhe. Er dachte dann wohl, dass ich meine Tage hatte. Das war wie ein Code zwischen uns, den ich immer mal wieder nutzte, wenn ich meine Ruhe haben wollte.

»Ist gut, mein Seidenhaar, ich friere dir etwas ein.«

Ich hörte ihn die Treppen runtergehen. Erdem war wohl schon unten. Ich schloss die Tür ab. Ich wollte allein sein. Immer wieder hörte ich mich mit Meli streiten, Tom meine Meinung sagen. Mir war heiß und irgendwie fühlte ich mich schwer. Ich wollte den ganzen Mist vergessen, loswerden. Ich zog mich aus. Schleuderte meine Klamotten durchs Zimmer. Mit jedem abgelegten Kleidungsstück fühlte ich mich leichter. Freier. Ganz frei. Ich schloss die Augen und drehte mich. Das fühlte sich so gut an. Nackt zu sein. Frei zu sein. Ich konnte alles vergessen. Meine Wut. Tom. Meli. Vor dem Spiegel blieb ich stehen. Ausgerechnet!

Als ich meine Augen öffnete, war die ganze Freiheit dahin. Meine Brüste! Ich mochte nicht, wie sie aussahen. Sie waren klein und oben ganz flach. Das sah aus, als ob sie hingen. Ich umfasste sie und drückte sie hoch. Ach, wären sie doch so wie Melis. Ihre Brüste waren schon viel größer und vor allem kugelrund. Dass meine Mutter einen schönen Busen hatte, machte mir Hoffnung. Vielleicht veränderten sich meine noch? Na ja, selbst wenn! Das war ja nicht mein einziges Problem. Wie ich wieder zugenommen hatte! Meine Hüften, mein Bauch, meine Beine! Ich zog und quetschte mein Fett, presste meine Oberschenkel zusammen. Ich musste noch so viel abnehmen, um so auszusehen, wie ich wollte. Ach, Mensch!

Es war hoffnungslos. Ich hielt keine Diät durch. Und mein Po? Ich drehte mich um, wollte mich von hinten anschauen. Plötzlich fuhr ich zusammen.

O nein, die Vorhänge! Die hatte ich ja total vergessen. War da was? Hatte sich nicht eben die Gardine von den Nachbarn bewegt? Schnell ging ich vom Fenster weg. Ich schämte mich so, fühlte mich schutzlos. Auf dem Bett lag frisch gewaschene Wäsche. Meine Mutter wusch und trocknete sie, aber zusammenlegen und wegräumen musste jeder seine Sachen selbst. Ich zog schnell ein Bettlaken hervor und hüllte mich darin ein. War da wirklich einer gewesen?

Ich versteckte mich hinter dem Vorhang und beobachtete das Nachbarfenster. Es war gekippt. Ach, das war bestimmt nur der Wind gewesen! Jedenfalls tat es gut, wenn ich mir das einredete. Ich zog die Vorhänge zu und stellte mich wieder vor den Spiegel. Das frisch gewaschene, kühle Laken fühlte sich so gut an auf meiner Haut. Ich öffnete es und zog es mir über den Kopf. Ich wickelte mich ein. Jetzt sah ich aus wie Belgin. Nur in weiß. Ich fühlte mich ... ich fühlte mich irgendwie geborgen und sicher. Ich dachte an Canan. Ich dachte an Hülya und an die Lehrerin in der Moschee. Ich dachte an Tom und Meli und an all die anderen. Was wäre ... Ja, was wäre eigentlich, wenn ich ein Kopftuch tragen würde?

Ein Stück Stoff

»Sinem?« Meine Mutter sah mich als Erste und schrie fast. Mein Vater drehte sich um und ließ das Frühstücksmesser fallen. Erdems Unterkiefer klappte herunter. Ein Stück Brot fiel ihm aus dem Mund. Ich wunderte mich, dass keiner fragte, ob das nicht wieder einer meiner dummen Scherze sei. Komischerweise nahmen sie mein Kopftuch sofort ernst.

Ich hatte Mutters Halstuch um meinen Kopf gewickelt. Aber nicht so klassisch wie am Tag zuvor im Korankurs. Da war mir in der Eile nichts Besseres eingefallen und ich hatte das Tuch mit einem einfachen Knoten vorne unterm Kinn zusammengebunden. An diesem Morgen war ich früher aufgestanden und hatte Zeit gehabt, Verschiedenes auszuprobieren. Es war gar nicht so leicht, aber ich hatte es fast so hinbekommen, wie die modernere Freundin von Canan ihr Kopftuch trug. Das war die einzige von den Bindearten, die mir einigermaßen gefiel. Davon hatte ich in den letzten Tagen ja genügend gesehen.

»Willst du etwa so in die Schule gehen?« Erdem wischte sich über den Mund.

»Ja!«, sagte ich.

»Hey, ich glaub es nicht. Komm ja nicht in der Pause in meine Nähe!«

»Was, was ist in dich gefahren?« Meine Mutter stand auf. Ihre Augen waren immer noch weit aufgerissen.

»Nichts«, sagte ich. »Ich möchte es nur mal ausprobieren.«

»Ausprobieren?« Sie fasste sich an die Stirn.

»Man kann das doch nicht einfach von heute auf morgen

ausprobieren. Das ist doch kein Kinderspiel!« Mein Vater hob sein Messer vom Boden auf und legte es auf den Tisch. »Wie kommst du überhaupt auf eine solche Idee?« Seine Augen wurden zu kleinen Schlitzen, während er mich anstarrte. Wenn er so schaute, dachte er entweder scharf nach, hatte eine Vermutung, die er überprüfte, oder er glaubte mir einfach nicht. »Wer hat dich auf diese Idee gebracht?«

Was sollte das denn heißen? »Niemand. Ich bin selbst darauf gekommen.«

»Auf so etwas kommt man nicht von selbst!«

»Doch. Ich schon!« Das nervte mich. Was unterstellte er mir da? Dass ich nicht selbst dazu fähig war? Ich wurde sauer. Ich drehte mich um und wollte gehen. Dann eben ohne Frühstück!

»Sinem!« Die Stimme meiner Mutter klang jetzt ganz sanft. »Du kannst mit uns doch über alles reden. Hat dir jemand gedroht oder …?«

Ich drehte mich um. »Gedroht?«

»Ja, oder dich irgendwie dazu gezwungen?«

»Mama! Papa! Es ist nichts, glaubt mir. Ich möchte das wirklich einfach nur ausprobieren, nichts weiter.«

Mein Vater schaute jetzt richtig traurig. Nein, schlimmer. So als wäre er ruiniert, sein ganzes Lebenswerk, sein ganzer Stolz zerstört. Im ersten Augenblick tat mir das leid und ich wollte ihn gern umarmen. Aber dann machte mich das wütend. Musste er immer übertreiben? Ich ging.

»Mein Seidenhaar!«, rief mein Vater noch, bevor die Tür zufiel.

Was tat ich da eigentlich? Ich ging, ohne anzuhalten oder mich umzudrehen. Donnerstagmorgens hatten wir die letzte von vier Stunden GL in der Woche. Ich dachte an die Stunde am Montag. Und an Canan. Ich war nachts aufgewacht. Völlig verschwitzt. Ich hatte von ihr geträumt. Jetzt war sie schon so lange weg. Hoffentlich ging es ihr gut. Ich hatte für sie gebetet. Und für mich. Dafür, dass es nicht an mir lag, dass Canan weg war. Erst dann hatte ich wieder einschlafen können.

Auf dem Weg in die Schule ging ich in die Bäckerei. Mir knurrte der Magen. Immerhin hatte ich seit dem letzten Nachmittag nichts mehr gegessen. Ich ließ mir gleich zwei Käsebrötchen machen und kaufte noch ein Puddingstückchen dazu. Die Verkäuferin erkannte mich nicht und sagte weder »Guten Morgen« noch »Danke«, »Bitte« oder »Auf Wiedersehen« wie sonst. Ich dachte erst, dass sie einen schlechten Tag haben müsste, als sie aber die anderen Kunden so freundlich wie immer behandelte, war mir alles klar. Das machte es irgendwie schlimmer. Wie sollte ich das nur in der Schule aushalten? Sollte ich es lieber sein lassen? Zum Glück kam ein älterer Mann in die Bäckerei herein, als ich gerade rausgehen wollte. Er hielt mir die Tür auf und lächelte mich sehr freundlich an. Das machte mir Mut.

Ich lief zur Schule, versuchte die Blicke der Leute zu ignorieren. Unterwegs verschlang ich eines der Brötchen und das Puddingstückchen. Ich brauchte jetzt unbedingt etwas Süßes. Mir kam es so vor, als ob mich alle anstarren würden. Aber zumindest fror ich heute nicht wie sonst. Mir fiel auf, dass das ganz schön viel ausmachte, wenn der

Kopf und die Ohren rundherum umwickelt waren. Zum Glück war es nicht Sommer. Wie hielten das die Frauen und Mädchen nur immer aus? Am Schultor hielt ich die Luft an. Dann ging ich rein. Nicht in die Klasse. Erst mal aufs Klo. Ich schloss mich ein. Ich wollte den anderen nicht schon auf dem Hof oder im Flur begegnen. Die sieben Minuten vergingen einfach nicht und kamen mir vor wie eine Stunde. Punkt acht ging ich raus.

Frau Müller wischte gerade die Tafel, als ich hereinkam. Das machte sie immer. Ganz nass und gründlich. Sie mochte den Unterricht nicht auf einer trockenen, staubigen Tafel beginnen, auf der noch die Spuren der letzten Stunde zu sehen waren. Dabei wischte sie sie selbst am Ende einer Stunde auch immer nur ganz schnell und unordentlich.

Zum ersten Mal seit gestern sah mich Meli an. Direkt ins Gesicht. Wie ich sie vermisst hatte. Ich lächelte sie an und wollte gerade »Hi!« sagen, da drehte sie sich um, nahm ihre Tasche und setzte sich zu Julia. Eiskalt. Ich erstarrte erst, ließ mich dann auf meinen Platz fallen. Damit hatte ich nicht gerechnet. Der übliche Lärm, bis Frau Müller sich vom Tafelwischen umdrehte und uns offiziell begrüßte, wurde zu einem leisen Gemurmel. Alle tuschelten über mich.

Frau Müller drehte sich um. Der plötzlich gesunkene Lärmpegel musste sie ziemlich verwundert haben. Jedenfalls lächelte sie, sagte »Guten Morgen« und sah mich. »Sinem!«

»Morgen, Frau Müller!«

»Was …? Ähm, ich meine, guten Morgen!« Frau Müller

wurde zu einem Fragezeichen. Die Arme wusste gar nicht, wie sie mit meinem Kopftuch umgehen sollte.

»Sinem, du …«

»Ja?«

»Ich, ich verstehe nicht, du …«

Ich wartete. Das Ende des Satzes kam nicht.

»Hab ich's nicht gesagt?«, rief Tom Michi und Pedro zu, die ganz auf der anderen Seite der Klasse saßen. »Gestern war sie noch mit ein paar Kopftuch-Tussis zusammen und heute ist sie schon eine von denen!«

Ausgerechnet der wagte es, was zu sagen! »Na klar«, sagte ich. Mir wurde richtig heiß. Am liebsten hätte ich das Kopftuch heruntergerissen. »So bin ich halt wirklich, Tom, weißt du, weil wir Türken, nein, weil wir Muslime sind doch alle gleich!«

»Jetzt mal schön langsam«, sagte Frau Müller. »Was war gestern los?«

Michi meldete sich und erzählte, was passiert war. Natürlich nicht alles. Nicht, dass Tom die Mädchen geärgert und sich über sie lustig gemacht hatte. Und natürlich auch nicht das, was er zu mir gesagt hatte. Nur dass sie mich zufällig getroffen hatten mit lauter Mädchen, die Kopftücher trugen. »Da hatte sie aber noch kein Kopftuch auf!«

»Ich muss sagen, Sinem, das verstehe ich auch nicht«, sagte Frau Müller. »Ich meine, wir wissen doch alle, wie du dich noch am Montag über das Kopftuch geäußert hast, und heute trägst du selbst eins. Was ist denn los mit dir? Hat dich etwa jemand dazu gezwungen?«

Ich rollte die Augen. Ich meine, ich war doch nicht wie

Canan und die anderen. Bei mir war das doch etwas ganz anderes. Kannten sie mich denn alle nicht mehr? »Ich weiß selbst, was ich am Montag gesagt habe! Na und? Heute trage ich eben ein Kopftuch.« Ich schaute zu Meli. »Es ist doch nur ein Stück Stoff! Ich bin doch immer noch dieselbe!«

Schandvolle Augenblicke

»Ich würde mich freuen, wenn du morgen auch kommen könntest!« Mert schaut Canan in die Augen. Fast flehend.

Canan möchte am liebsten im Erdboden versinken. Halime und Erdoğan schauen so komisch. Canan schämt sich so. Was denken sie jetzt von ihr?

»Ein paar habe ich schon zusammen.« Mert möchte eine Gruppe für aktive Glaubensbrüder organisieren, in der Fatih-Moschee. »Wir werden aktuelle politische Themen diskutieren.«

Jetzt erst merkt Canan, dass er gar nicht sie gemeint hat. Mert redet mit Erdoğan! Er kann seine Augen nicht von ihr abwenden. Er starrt sie an. Wie soll sie reagieren? Was soll sie tun? Canan geht ins Bad. Sitzt ihr Kopftuch richtig? Ist ihre Bluse zu eng? Erst fand sie es ja ganz schön, fühlte sich geschmeichelt. Aber jetzt. Es ist ihr peinlich. Er geht zu weit. Er mustert sie. Von oben bis unten. Es ist ihm wohl völlig egal, dass Halime und Erdoğan das merken. Canan geht wieder rein. Plötzlich sind alle still. Warum schaut Halime so streng? Erdoğan hat schlechte Laune. Was haben sie geredet, als sie weg war? Mert trinkt einen Schluck Tee.

»Ist es nicht unser aller Ziel, irgendwann einmal, so Gott will, die Scharia einzuführen?« Mert stellt sein Teeglas ab. »Aber bis dahin haben wir noch viel Arbeit vor uns. Viele kleine Schritte.« Er mustert Canan. »Zum Beispiel die Frauen. Sollten sie nicht wieder rein und ehrbar werden, an der Seite eines Mannes ihren Platz einnehmen, ihm dienen, so wie es Gott für sie bestimmt hat?«

Es ist die Hölle! Es dauert eine Ewigkeit, bis Mert geht.

Dieser eklige Typ! Canan möchte mit Halime reden, aber sie ist in der Küche. Mit Erdoğan. Sie hört ihre Stimmen. Sie kann nichts verstehen. Streiten sie etwa? Warum? Wegen ihr?

Canan ist enttäuscht. Am nächsten Morgen ist Erdoğan noch da. Sie kann nicht mit Halime reden. Obwohl sie noch so viel zu sagen hat. Und zu fragen. Auch wegen gestern. Wegen Mert. Erdoğan muss erst nachmittags zur Arbeit. Halime auch. Mist!

»Komm doch mit!«, sagt Halime. »Das wäre mir lieber!«

Nein. Nein. Canan möchte lieber alleine sein. »Das ist in Ordnung. Ich bin oft allein zu Hause.« Ich bin immer allein. Das hätte sie sagen sollen.

Als Halime und Erdoğan weg sind, weint Canan. Wieder einmal. Halime hat gekocht, ihr alles gezeigt. »Fühl dich bitte wie zu Hause«, hat sie gesagt. Canan hat gar keinen Hunger. Am liebsten würde sie rausgehen. Aber wohin? Plötzlich klingelt es. Wer kann das sein? Vielleicht die Post? Halime hat nichts gesagt.

»Ja?« Die Sprechanlage knackst. Canan erkennt die Stimme sofort. »Canan, ich bin's. Lassen Sie mich hinein?« O Gott! Was will dieses Ekel hier? Canan schweigt. Was soll sie jetzt sagen? Mert haucht in den Hörer: »Ich weiß, dass Sie es sind. Machen Sie doch auf! Bitte!«

Canans Herz klopft. Der Schweiß rinnt ihr die Wangen herunter. Sie ist völlig durcheinander. Verwirrt schüttelt sie den Kopf. »Nein, nein, das geht nicht. Das kann ich nicht. Kommen Sie wieder, wenn Erdoğan und Halime wieder da sind.« Der Typ schweigt. Eine Weile. Eine Ewigkeit. »Gut«, sagt er dann. »Wie Sie wollen. Ich wollte Ihnen nur helfen.« Helfen?

Was soll das? Canan will auflegen. »Ich weiß alles. Die Polizei sucht nach Ihnen. Sie war in der Moschee!«
Canan stürzt zum Fenster. Mert sieht hoch. Er grinst und winkt. Er geht.

Beten für Canan

»Hey, Sinem, du kannst dich hierher setzen!«

Hülya hatte mir einen Platz freigehalten, obwohl heute mehr Stühle frei waren. Trotzdem. Wie nett, dass sie an mich gedacht hatte. Die beiden Mädchen, die ich bei Canan zu Hause getroffen hatte, Elif und Yasemin, machten vielleicht Augen, als sie mich in der Moschee mit einem Kopftuch sahen! Arzu und das älteste Mädchen vom Tag zuvor kannte ich auch. Nur zwei Mädchen waren mir neu. Ich war froh, dass Piepsstimme und Sprossennase – wie hieß sie noch? … Rana – nicht da waren. Auf die beiden hatte ich überhaupt keine Lust heute.

»Sieht viel besser aus!«, sagte Hülya und zeigte auf meinen Kopf. Sie hatte ihr Kopftuch heute auch anders gebunden. Irgendwie wie einen Turban. Das sah richtig kompliziert aus. Aber auch gut.

»Wie hast du das gemacht?«

Hülya wickelte ihr Kopftuch ab und zeigte mir, wie es ging. Na ja. Ich bekam es nicht hin. Hülya half mir. Sie wrang und wickelte, zog und zupfte das Tuch. »So!«

Die Lehrerin hatte gewartet, bis Hülya fertig war, und lächelte mich an. Leider musste ich warten, bis ich zu Hause war, um zu sehen, wie ich aussah.

»Ich begrüße euch, meine Lieben. Wie wäre es, wenn wir heute mit einer schönen Koranrezitation beginnen? Wer mag?«

Die modernere Freundin von Canan meldete sich. »*Euzubillahimineşşeytanirracim* …« Sie las, nein sie sang die Suren wie ein echter Muezzin. Eigentlich konnte sie es schon auswendig. Sie sah nur ab und zu in den Koran. Ihre Stimme war einfach schön. So hoch und klar. Ich weiß nicht, ob es daran lag oder an der Art, wie sie sang, oder vielleicht lag es auch an den Gebeten selbst, jedenfalls spürte ich einen Stich im Herzen. Das Ganze war mir irgendwie vertraut, obwohl ich nie eine Frau – oder ein Mädchen – gehört hatte, die den Koran so gelesen hat.

Die anderen Mädchen folgten mit den Fingern dem Text. Hülya wollte mich mit reinschauen lassen, aber das brauchte ich erst gar nicht zu versuchen. Erkennen konnte ich doch sowieso nichts. Aber halt! Einige Stellen kamen mir bekannt vor. Ja, das waren Gebete, die ich auswendig konnte. Ich konnte nicht anders. Ich sprach in Gedanken ganze Textpassagen mit. Als das Mädchen fertig war, sagte sie »El Fatiha«. Das kannte ich. Das war das Signal für das Abschlussgebet.

Ich hob meine Hände und hielt sie auf Brusthöhe. So wie die anderen auch. Alle murmelten das Elham. Ich nicht. Ich tat nur so. Ich wusste nicht wozu. Dann fiel mir Canan ein. Wenn ich in letzter Zeit gebetet hatte, dann für sie. »Lieber Gott, mach, dass es Canan gut geht und dass sie bald wieder da ist. Bitte!« Das »Amin« sagte ich mit und führte die Hände über mein Gesicht.

»Danke, Yasemin! Das war sehr schön.« Die Lehrerin begann jetzt auch zu singen. Diesmal sangen alle mit: *»Allahumme salli âlâ seyyidina Muhammedi-ninnebiyyi ümmiyyi ve ala alihi ve sahbihi ve sellim.«*

So etwas Schönes hatte ich noch nie gehört. Zumindest kam es mir in dem Moment so vor. Das hörte sich so erhaben an. Und die Melodie erst! Das musste ich unbedingt lernen. Ich nahm mir fest vor, Hülya später danach zu fragen. Dass der Korankurs zu einer Gesangsstunde ausarten würde, hatte ich nicht erwartet. Jetzt sangen alle Lieder auf Türkisch. İlahi«, sagte die Lehrerin dazu. Ich kannte nur eins davon. Aber immerhin. Dafür, dass mich der religiöse Kram gar nicht interessierte, war das ganz schön viel. Fand ich jedenfalls. Na ja, eigentlich war der Text ja auch ein Gedicht von *Yunus Emre,* das ich mal für den Türkischunterricht auswendig gelernt hatte.

Als sie mit dem Singen fertig waren, arbeiteten alle für sich im Stillen weiter. Die Lehrerin ging wie am Tag zuvor herum und setzte sich der Reihe nach zu jedem Mädchen. »Wie ging das noch mal?« Ich versuchte ständig die Allahumme-Melodie hinzubekommen. Ganz leise, für mich. Hülya verdrehte die Augen. Sie hatte es mir schon zweimal vorgesummt.

»Na, Sinem, wie kommst du voran?« Die Lehrerin tauschte mit Arzu, die links von mir saß, die Plätze.

Wie peinlich! Ich hatte noch nicht einmal das Elifba aufgeschlagen. »Ist ganz schön kompliziert«, sagte ich und zog schnell den Zettel aus dem Heft, den sie mir am Tag zuvor geschrieben hatte.

Die Lehrerin nickte. »Hast du eigentlich etwas von Canan gehört?«

Von Canan? Wie komisch. Eigentlich war ich hier doch nur gelandet, weil *ich* etwas über Canan herausfinden wollte. Und jetzt fragte die Lehrerin mich nach ihr. Dabei waren heute auch Jasemin und Elif da. Die zwei waren doch ihre Freundinnen. Nicht ich. Aber vielleicht hatte ich es ja nur nicht mitbekommen, dass die Lehrerin die beiden schon gefragt hatte.

»Nein, leider nicht«, sagte ich. »Jedenfalls war sie nicht in der Schule und da hat auch keiner etwas gesagt.«

»Das muss dir ganz schön nahegehen, nicht?«

O Mann! Jetzt fing sie auch noch an. Warum gingen alle immer gleich davon aus, dass wir Freundinnen sein mussten? Mein Gott, und das nur, weil wir beide Türkinnen waren und zufällig in eine Klasse gingen. Dass wir sonst nichts gemeinsam hatten, interessierte wohl keinen. Das nervte langsam. »Ja, schon!«, sagte ich trotzdem. Es stimmte ja auch. Irgendwie. Ich machte mir ja Sorgen um sie, aber dass wir Freundinnen wurden, das musste wirklich nicht sein.

Die Lehrerin strich mir über den Unterarm. »Hör mal, mir ist da etwas eingefallen, was wir alle gemeinsam tun könnten. Vielleicht hilft es ja.«

Was denn? Beten etwa? »Ich bete jeden Tag für sie, seit sie weg ist«, sagte ich.

Die Lehrerin lächelte. »Das ist lieb von dir und es wird ihr sicher helfen. Aber ich dachte, dass wir ihr alle vielleicht eine SMS schreiben könnten.«

Eine SMS? Wozu sollte das denn gut sein?

Die Lehrerin sagte, dass Canan nicht an ihr Handy gehe, aber dass wir immer das Beste annehmen sollten, also dass ihr nichts Schlimmes passiert sei und es ihr gut gehe. »Vielleicht können wir sie ja motivieren wieder zurückzukommen?«

Hm. Ich weiß nicht, irgendwie hörte sich das seltsam an. Eine SMS schreiben an jemanden, der verschwunden war. Das hatte ich ja noch nie gehört! Aber eigentlich, eigentlich war es auch eine gute Idee. Warum war ich nicht darauf gekommen? Vielleicht weil ich gar nicht ihre Nummer hatte oder, oder weil ich gar nicht wusste, was ich ihr schreiben sollte? Alle anderen wollten sofort mitmachen.

Hülya schrieb die Handynummer von Canan an die Tafel. Was konnte ich Canan schreiben? Ich meine, nach der bescheuerten Diskussion neulich. Ich überlegte.

»Da fällt mir ein«, sagte die Lehrerin, »du hattest ja gestern eine Frage zum Kopftuchtragen gehabt.« Stimmt. Daran hatte ich gar nicht mehr gedacht. »Weißt du, es geht nicht darum, dass du dich vor Gott verbirgst. Obwohl ich mir sicher bin, dass viele das glauben. Sie bedecken sich nur für das Gebet oder in der Moschee und sonst nicht.«

Ja und? Meine Mutter machte das auch. Aber bestimmt nicht, weil sie sich vor Gott verbergen wollte, sondern weil man eine Moschee ohne Kopftuch nicht betreten darf. Außerdem war doch Gott überall, oder? Na ja. Das fragte ich lieber nicht.

»Ich weiß, es geht um die Männer«, sagte ich stattdessen. »Die Frauen sollen sich bedecken, damit die Männer sie nicht wie Sexobjekte behandeln. Das ist doch unfair!« Ui. Eines der Mädchen, das ich noch nicht kannte, sah mich entsetzt an. Sie war blass und dünn und trug ein silbern glänzendes Kopftuch mit hellblauem Blütenmuster. Was war denn? Ich schaute sie fragend an. Warum regte die sich so auf? Weil ich das Wort »Sex« benutzt hatte oder was? »Ich meine«, sagte ich, »wenn die Männer ein Problem haben, dann sollen *die* sich doch ändern!«

Die Lehrerin lachte. »Nein, das Kopftuch ist auch keine Tarnkappe gegen böse Männergedanken. Das funktioniert nicht!« Das verstand ich nicht. Genau deswegen war doch das Kopftuch vorgeschrieben. »Die Männer haben genauso die Pflicht, sich zu beherrschen. Auch sie sollen sich nicht freizügig kleiden«, sagte die Lehrerin.

Na ja. Die Männer mussten aber kein Kopftuch tragen. Dabei verstand ich überhaupt nicht, was so Besonderes an Frauenhaaren war. »Und warum müssen dann Männer mit langen Haaren nicht auch ein Kopftuch tragen? Ich meine, wenn doch Haare so aufreizend sein sollen?«, fragte ich.

Die altmodische Freundin von Canan, Elif, zog erschrocken die Luft ein und presste beide Hände vor den Mund. So als hätte *sie* das eben gesagt und nicht ich. Aber sie war offensichtlich nicht die Einzige, die sich aufregte.

»Was meinst du damit?«, fuhr das blasse Mädchen mich an.

O Mann. Was war denn auf einmal? Ich wollte jetzt nicht weiter diskutieren. Ich wollte über meinen SMS-Text für Canan nachdenken. »Nichts, das ist nur eine Frage!«, sagte ich.

Die Blasse gab aber nicht nach. »Man darf nicht einfach alles fragen!« Wie frech die war.

»Betül, beruhige dich wieder«, sagte die Lehrerin. »Natürlich darf, nein, soll man sogar fragen. Das weißt du ganz genau.«

Die Blasse, diese Betül, schaute mich giftig an.

Die Lehrerin setzte sich wieder auf ihren Platz. Arzu rückte zurück neben mich. »Nur durch Fragen kommt man zu neuen Erkenntnissen. Das ist ein ganz wichtiges Prinzip im Islam.« Betül wandte beleidigt den Kopf ab und verschränkte die Arme, aber die Lehrerin ließ sich nicht beirren. »Es gibt Gelehrte, die sagen zum Beispiel, dass im Koran nicht der Kopf, sondern der Busen gemeint ist, den die Frauen bedecken sollen. Dass man also gar kein Kopftuch tragen muss!«

Betül wurde rot, ihre Stimme schrill. »Sie dürfen nicht einfach alles verdrehen. Das ist Sünde!«

Die Lehrerin streckte sich und tätschelte beruhigend Betüls Hand. »Es ist keine Sünde. Es ist Auslegungssache und es bleibt jedem selbst überlassen.« Was war denn jetzt los? Warum regte sich diese Betül so auf? *Was* hatte die Lehrerin da gesagt? Man musste eigentlich gar kein Kopftuch tragen? Ich kam nicht mehr mit.

Hülya zupfte mich am Ärmel. »Sie gibt es nicht zu, aber ich glaube, Betül *muss* das Kopftuch tragen«, flüsterte sie mir zu.

»Ja, und? Du etwa nicht?«

Hülya schaute mich völlig empört an. »Nein! Wie kommst du denn darauf?«

Auf dem Nachhauseweg hatte ich viele Fragen. Diesmal trennte sich Hülya von der Gruppe. Für mich. Wir gingen extra langsam, und erst als die anderen in die Straßenbahn eingestiegen waren, liefen wir zur S-Bahn. Wir wollten noch ein bisschen auf der Leipziger-Straße bummeln und außerdem eine SMS für Canan schreiben. Jede für sich. Im Korankurs waren wir nicht mehr dazu gekommen.

Ich hatte es genau wissen wollen. Warum trug die Lehrerin überhaupt ein Kopftuch? Ich hatte sie gefragt und sie hatte geantwortet. Dass sie es nicht anders kenne. Dass sie aus einer religiösen Familie komme und es für sie völlig normal sei, ein Kopftuch zu tragen. Dass sie sich so wohlfühle. Und – das war das Eigenartigste – auch wenn sie davon überzeugt wäre, dass das Kopftuch keine Pflicht sei, selbst dann würde sie es nicht wieder abnehmen. Ich verstand gar nichts mehr.

Hülya verstand mich auch nicht. Sie wunderte sich, warum ich diesmal mein Kopftuch nicht abgenommen hatte. Das war nicht leicht zu erklären. Ich meine, ich konnte es nicht erklären. War es Wut, Protest oder nur ein Versuch? Wir redeten auch noch mal über Tom und die anderen.

»Hoca hanım hat recht«, sagte Hülya, »das Thema wird einfach überbewertet. Als gäbe es nichts Wichtigeres.«

Das stimmte wohl. Alles drehte sich nur noch um Kopftücher. Das war doch nur ein Fetzen Stoff! Wir kamen am *Hülya-Platz* vorbei. Na, das passte ja! Ich wollte Hülya überraschen und zeigte ihr das Straßenschild. Aber sie kannte den Platz schon. War doch klar! Sie wusste alles darüber.

»Unsere Hoca hanım ist so klasse«, sagte Hülya. »Aber das wissen manche gar nicht zu schätzen. Betüls Eltern zum Beispiel, die wollen sie gerne weghaben.«

»Was? Wieso denn das?«

»Es passt ihnen nicht, wie sie denkt. Es gab schon viel Ärger, auch mit anderen. Aber zum Glück ist der Hodscha von der Moschee ihr Vater.«

»Ja, zum Glück!« Ich schaltete mein Handy ein und

schrieb einfach drauflos:

Liebe Canan, ich hoffe sehr, dass es dir gutgeht. Ich würde gerne mit dir noch einmal über alles reden. LG Sinem

Alles dahin

O Gott! Canan ist erstarrt. Ihr Gesicht liegt regungslos in den Händen. Ein dunkler Film läuft in ihrem Kopf ab. Dass es so weit kommt, wollte sie nicht. Ganz bestimmt nicht. Wenn das Halime erfährt, wird sie bitter enttäuscht sein. Und was hat sie ihren Eltern nur angetan? Sie haben die Polizei eingeschaltet! O nein! Nein! Darauf ist sie überhaupt nicht gekommen. Sie hat sich doch alles ganz anders vorgestellt.

Canan hebt den Kopf. Ist der Typ wirklich weg? Sie greift nach ihrem Mantel, stürzt hinaus. Wohin? Sie weiß nicht wohin. Jedenfalls kann sie Halime jetzt nicht begegnen. Wenn es dieser Mert weiß, dann wissen es Halime und ihr Mann auch längst. Dieses Schwein! Was denkt Halime jetzt von ihr? Canan rollen die Tränen herunter. Wohin? Wohin nur? Soll sie nach Hause gehen? Einfach nach Hause! Canan rennt. Ihr ist kalt. Ihr ist heiß. Sie bleibt stehen. Kehrt um. Langsam. Ganz langsam. Sie muss nachdenken, darf nicht noch einmal etwas Verrücktes tun. Ihre Hände sind nass geschwitzt. Sie friert. Sie kann ihren Eltern nicht in die Augen schauen. Was soll sie sagen? Sie würden sie nicht verstehen. Verfluchen. Verbannen. Das eher, aber nicht verstehen. Sie wollen das Beste für sie. Ja natürlich. Aber zwischen dem, was sie wollen, und dem, was sie tun, da ist ein Unterschied. Canan bleibt an einem Schaufenster stehen. An jedem bleibt sie stehen. Sie darf nicht auffallen. Lampen, Farben, Klamotten, Elektrogeräte. Sie schaut hinein, solange es geht. Solange es nicht komisch wirkt. So kann sie wenigstens keiner so leicht entdecken. Bestimmt suchen alle nach ihr. Ihr Vater und ihre Onkel. Ihre Mutter und Tanten. Can und die

Cousins. Alle. Canan starrt in ein Schaufenster. Badezimmerartikel. Ein Gesicht. Ist das nicht …? Ein Hund kläfft. Canan dreht sich um. Niemand da. Komisch. Sie hätte schwören können … Sie geht weiter. Schnell. Wohin? Hier gibt es so viele Dönerläden und türkische Geschäfte. Hier kann ihr überall jemand begegnen. Beim Einkaufen. Auf dem Nachhauseweg. Es wird langsam dunkel.

Sie holt sich eine Fahrkarte. Bloß weg von hier! Die S-Bahn-Haltestelle ist voll. Alle wollen heim. Bloß sie nicht. Alles ist dahin. Ihre Zukunft. Ihre Pläne. Das Vertrauen ihrer Familie. Von Halime. Alles. Und das alles nur … Und das alles nur wegen ihres Glaubens, ihres Kopftuchs, weil sie konsequent sein will, aufrichtig, ehrlich. Und weil sie sich rächen wollte. An Sinem. Wie dumm von ihr. Wie dumm das alles war. Warum war sie so ausgetickt? War es das wert? Ist es das wert, alles zu verlieren? Ja. Nein. Canan steigt aus. Irgendwo in der Stadt. Sie läuft und läuft. Die Straßen rasen an ihr vorbei. Wie ihre Gedanken. Sie jagen durch ihren Kopf. Sie bleibt stehen, ringt nach Luft. Sie hört ihr Herz. Das Kopftuch verstärkt das dumpfe Pochen. Jemand tippt sie an die Schulter. Nein!

Alte Freunde

Zu Hause wollte ich mich schnell auf mein Zimmer schleichen. Ich hatte keine Lust auf eine weitere Auseinandersetzung mit meinen Eltern. Aber meine Mutter hatte wohl die ganze Zeit auf mich gewartet. Sie kam mir entgegen und sah mich besorgt an.

»Mein Kind, wo warst du, wir haben uns große Sorgen gemacht. Dein Vater hat es nicht mehr ausgehalten und ist einfach rausgegangen.«

Sorgen?

»Mama, es ist doch nicht später als sonst.«

»Trotzdem, die Schule ist schon seit Stunden aus und wir wissen nicht, wo du warst.«

»Ihr wisst es sonst doch auch nicht. Was ist denn auf einmal los mit euch? Nur weil ich ein Kopftuch trage!«

»Was ist auf einmal los mit *dir*?«, sagte meine Mutter. »Ich erkenne dich nicht wieder!«

Jetzt wurde ich sauer. »Damit du es weißt, ich war in der Moschee!« So, jetzt konnte sie sich meinetwegen Sorgen machen!

»Mein Gott, hilf uns! Unsere Tochter gleitet uns aus den Händen!« Meine Mutter bekam eine weinerliche Stimme. Wie ich das hasste. Wenn sie nicht weiterkam, dann machte sie einen auf »leidende Mutter«. Nur damit ich Schuldgefühle bekam. Nein, auf diese Gefühlsausbeute ließ ich mich nicht ein.

»Ich bin immer noch dieselbe. Wenn du dich sehen könntest! *Ihr* habt euch verändert, nicht ich!« Ich rannte in mein Zimmer und schloss mich ein. Langsam nervte das.

Alle taten auf einmal so, als ob sie mich nicht kennen würden. Sonst waren meine Eltern doch auch stolz darauf, dass ich neugierig war, alles ausprobieren und hinterfragen wollte. Offensichtlich hatte ihr Stolz seine Grenzen, wenn es um so ein blödes Tuch ging. Ich konnte es nicht fassen. Auf einmal hörte mir niemand mehr zu. Niemand nahm mir ab, dass ich mich selbst dazu entschieden hatte, das auszuprobieren. Ich musste an Hülya und an die Lehrerin denken. Sie trugen ihr Kopftuch ja auch freiwillig. Na ja. Ich muss zugeben, dass ich das vorher nie geglaubt hätte. »Das Kopftuch als Lebensart.« Das hatte ich noch nie gehört. Das hätte ich mir noch nicht mal vorstellen können, dass jemand so argumentiert, wenn es ums Kopftuchtragen geht. Ich musste über das nachdenken, was die Lehrerin gesagt hatte. »Es ist ein äußeres Zeichen meiner Lebensphilosophie.« und »Ich kann mich so leichter Modediktaten widersetzen, mich bestimmten Frauenbildern entziehen. So wie manche bewusst nicht fernsehen oder Vegetarier sind.« Seltsame Vergleiche, fand ich. Aber ich nahm es ihr ab. Ich meine, die Lehrerin war offen für alles, machte sich Gedanken, ließ die frechsten Fragen zu. Sie sagte sogar, es sei möglich, dass das Kopftuch gar nicht vorgeschrieben war. Und das Wichtigste, sie verurteilte niemanden, wenn er anderer Meinung war.

Ich dachte an Canan. Wir waren neulich auch unterschiedlicher Meinung gewesen. Und ich, was hatte ich getan? Ich hatte sie verurteilt, ihr einfach Dinge vorgeworfen. Mist! Das war keine Diskussion, das war einfach gemein gewesen! Ich schaute auf mein Handy. Nichts.

Keine Antwort von Canan. Hatte sie meine Nachricht etwa nicht bekommen? Es gab keine Fehlermeldung. Trotzdem. Wer weiß? Ich sendete meine SMS noch einmal. Ich fühlte mich so allein. Am liebsten hätte ich jetzt mit Meli darüber gesprochen. Meli. Ich vermisste sie so. Und ich war sauer auf sie. Wie hatte ich mich so in ihr täuschen können? Wir hatten doch immer gesagt, dass wir Freundinnen sind und bleiben, egal was passiert, dass wir durch dick und dünn gehen würden, für immer. Aber sie hatte mich ja schon links liegen lassen, als sie mich zusammen mit den Mädchen aus der Moschee gesehen hatte. Nein. Noch schlimmer. Sogar schon, als ich mich um Canan kümmern wollte, hatte sie sich so komisch verhalten. Ihre Freundschaft hörte also bei einem popeligen Kopftuch auf. Ich ließ mich auf mein Bett fallen. Das Tuch auf meinem Kopf verrutschte. Warum hatte ich es eigentlich immer noch an? Es war doch so warm. Ob die Mädchen und die Lehrerin es immer trugen? Auch zu Hause? Ich stand auf und sah in den Spiegel. Der Turban, den mir Hülya auf den Kopf gezaubert hatte, stand mir wirklich nicht schlecht. Aber ich sah älter aus. Irgendwie ganz anders. Ich wickelte ihn mir ab und fuhr mir durch die Haare. Sie waren ganz platt gedrückt. Ich beugte mich vor und schüttelte sie. Meine Haare. Sie waren so weich und glänzten so. Ich hätte sie küssen können. Es kam mir vor, als würde ich einen alten Freund nach ewiger Zeit wiedersehen. Ich sah mich lange im Spiegel an. Nein. Das gefiel mir einfach besser. Das war ich. Es war mir egal. Völlig egal, was jetzt die anderen denken würden. Das Kopftuch war nichts für mich.

Es läutete unten. Mein Vater war wieder da. Ich hörte, wie sich meine Eltern stritten. Das ging eine ganze Weile so. Dann wurde es still. Es klopfte an meiner Tür. Ich verdrehte die Augen. O Mann!

»Sinem, hör mal. Es geht uns doch nicht darum, dass du dich für Religion interessierst. Ganz im Gegenteil. Und gegen Moscheen haben wir auch nichts. Aber man muss heutzutage sehr vorsichtig sein. Hörst du? Du hast doch selbst erzählt, dass Canan verschwunden ist und keiner weiß, was mit ihr ist. Versteh uns doch!«

Meine Mutter drückte die Türklinke herunter. Na toll! Wenn ich nicht abgeschlossen hätte, wäre sie einfach hereingekommen!

»Lass mich mal!« Jetzt versuchte es mein Vater. Er wollte wieder einmal das Familienoberhaupt raushängen lassen. Er räusperte sich und versuchte ganz autoritär zu klingen. »Sinem, lass den Quatsch und komm heraus! Ich will mit dir reden!«

Ich presste mir den Mund zu. Er sollte nicht hören, wie ich lachen musste. Das passte überhaupt nicht zu ihm. Dass er damit nicht durchkam, musste er doch längst kapiert haben! Na ja. Diesmal dauerte es eine ganze Weile, bis ihm das wieder einfiel. Aber immerhin. »Sinem, mein Seidenhaar, mein Kind, du kannst es ja meinetwegen ausprobieren, das mit dem Kopftuch, aber lass uns darüber reden. Erkläre es uns, damit wir es verstehen!«

Na also. Mein Vater kannte mich gut, das musste ich sagen. Ich schloss die Tür auf.

Schutzlos

»Was wollen Sie?« Canan weicht einen Schritt zurück. Wusste sie es doch. Dieser Scheißkerl! Er hat sie verfolgt. Das hat ihr gerade noch gefehlt.

»Wollen?« Er lächelt, geht auf sie zu. »Ich weiß doch, dass Sie Hilfe brauchen. Sie wissen nicht wohin!« Er streckt seine Hand nach ihrer aus. Canan zieht sie weg. »Schon gut. Schon gut!« Seine Augen funkeln. »Wir haben doch gemeinsame Freunde. Ich bin auch Ihr Freund, Canan!«

Klar. Jetzt, wo er weiß, dass sie abgehauen ist. Canan wird alles klar. Sie ist ein leichtes Mädchen für ihn, eine leicht zu habende Beute. Sie zieht ihr Kopftuch noch tiefer ins Gesicht. Ein Reflex. Ein Reflex, der nichts nützt. Ihr Tuch kann sie nicht schützen. Es ist völlig egal. Ihm ist es völlig egal.

»Kommen Sie mit mir, ich helfe Ihnen!«

Canan wird schwindelig. Sein Gesicht verschwimmt vor ihren Augen, verzerrt sich zu einer Fratze. »Lassen Sie mich in Ruhe!« Canan reißt sich zusammen, schaut ihm in die Augen. »Lassen Sie mich in Ruhe!« Sie sagt das ganz deutlich, so bestimmt sie nur kann. Er grinst. Sie geht. Rückwärts. Lässt ihn nicht aus den Augen. Noch ein bisschen. Dann, dann dreht sie sich um und rennt. Sie rennt, so schnell sie kann. Sie muss sich in Sicherheit bringen. Alles andere ist egal. Ein älterer Mann kommt direkt auf sie zu. Geh aus dem Weg, du Blödmann! Er versucht ihr auszuweichen. Nach rechts, nach links. Er ist zu langsam. Canan rempelt ihn an. Für einen Augenblick treffen sich ihre aufgerissenen Augen. Sie muss weiter, kann sich nicht entschuldigen. Schnell zur S-Bahn. Canan rennt. Über Rot. Irgendeine

Autobremse quietscht. Die Rolltreppe ist überfüllt. Sie springt die Treppen hinunter. Runter in die B-Ebene. Eine Taube streift ihren Arm. Sie muss zurück. Zu Halime. Soll sie doch sauer sein.

»Mach auf, mach doch auf, bitte!« Es dauert so lange.
»Canan!«
Sie fällt Halime in die Arme. Sie kann nicht reden. Sie ringt nach Luft. Sie schluchzt.
»Beruhige dich, Canan. Erdoğan, hol schnell ein Glas Wasser!«
Canan trinkt. Einen Schluck. Noch einen.
»Komm, das tut dir gut.«
Ja, das tut gut. Halime tut gut. Jetzt erst kann sie Halime sehen, sie anschauen. Halime ist sauer.
»Du bringst uns in Schwierigkeiten!«
Canan schweigt. Erdoğan geht auf und ab. Er will die Polizei rufen. Halime lässt ihn nicht.
»Wir rufen deine Eltern an!«
Nein! Canan schüttelt den Kopf. Immer wieder. Sie sieht Halime in die Augen. Bitte. Bitte. Nur das kann sie sagen.
»Canan, das ist sehr egoistisch von dir. Deine Eltern haben auch Angst. Weißt du eigentlich, was du ihnen angetan hast?«
Das ist es ja. O Mann! Das ist es ja.
»Okay, was passiert ist, ist passiert.« Halime überlegt. »Hör mal, du schreibst jetzt deiner Mutter und sagst ihr, dass es dir gut geht und dass du bald kommst, und dann sehen wir weiter, okay?« Halime hebt Canans Kopf, nimmt sie in den Arm. »Komm, jetzt wasch dir mal das Gesicht!«
Ihr Handy. Seit Tagen hatte sie es nicht mehr angeschaltet.

Mutter. Vater. Can und Cemile. Sogar Tante Hatice und Onkel Murat. Alle haben angerufen, ihr Nachrichten hinterlassen. Alle sind so voller Sorge. Sie weinen. Sie betteln. Sie soll wieder heimkommen, sich wenigstens melden. Ja, klar. Aber werden sie sie verstehen? Natürlich nicht. Nie haben sie sie verstanden. Aber das ist jetzt egal. Jetzt ist alles egal.

Mami, verzeih mir. Mir geht es gut. Ich komme bald. Canan

Senden? Das Handy fragt. Canan atmet ein und drückt. Ja!

Nichts vergessen

»*Ich verstehe dich nicht, Canan. Du hättest doch nicht gleich von zu Hause abhauen müssen. Ich meine, ich hätte doch mit deinen Eltern reden können, oder …?*«

Halime klingt immer noch irgendwie sauer und Erdoğan hat sich auch noch nicht beruhigt. Er wollte Canan nicht glauben, dass Mert extra gekommen ist, um ihr das mit der Polizei zu verraten. Zum Glück hat Canan nicht erzählt, dass Mert sie verfolgt hat. Das hätte Erdoğan erst recht nicht geglaubt.

Halime schickt ihn weg. »*Wir klären das. Mach dir keine Sorgen!*«, sagt sie zu ihm.

Canan muss es Halime erklären. Das wollte sie doch alles nicht. Aber irgendwie ist ihr alles zu viel geworden. Und als dann das in der Schule passiert ist, da … Canan erzählt alles. Alles. Von der GL-Stunde am Montag. Von der Diskussion. Von Sinem.

»*Die haben mich alle auch vorher schon wie Dreck behandelt.*« In der Klasse redet keiner mit Canan, keiner fragt sie was. Nicht dass sie sie ärgern oder so. Nein. Sie ist einfach nicht da für die anderen. Und dann. Dann, als es in GL um das Kopftuchverbot für Lehrerinnen ging, da stand sie plötzlich im Mittelpunkt. Auf einmal sollte sie erzählen. Von sich, von ihrer Meinung dazu, ihrem Glauben und ihren Zukunftsplänen. Frau Müller hat sie einfach benutzt. Für ihren Unterricht. Und was haben die anderen gemacht? Sie haben geschossen. Mit ihren Vorurteilen. Ihrem Hass. Als wäre sie eine Zielscheibe. Vor allem Sinem. Sie war blind vor Wut. Hat ihr unmögliche Dinge vorgeworfen. Sie hat so getan, als sei Canan eine Radikale, eine radikale Islamistin. Als könne sie nicht selbst entscheiden, ob sie ein Kopftuch tragen will oder nicht. Als wäre sie unselbstständig und als würde sie ohnehin bald verheiratet werden. Dabei war das Schlimmste nicht mal das, was sie gesagt hat. Nein. Ihre Blicke, ihr Ton, wie sie Canan behandelt hat, das wird sie nie vergessen. Mit ihr kann man das ja machen. Sie ist ja nur das Mädchen mit Kopftuch. Keiner kennt sie. Keiner interessiert sich für sie. Schon gar nicht Sinem. Aber auf einmal hat sie so getan, als würde sie alles über sie wissen.

Dabei waren sie mal Freunde. Sie und Sinem. Jahre ist das her. Aber dann hat sich Sinem distanziert. Immer mehr. Irgendwann wollte sie nichts mehr von ihr wissen. Als wäre sie mit dem Kopftuch eine andere geworden. Sinem hat nicht mal gefragt, wie das alles gekommen ist. Das mit dem Kopftuch. Sie hat einfach so getan, als wäre das alles nie gewesen. Ihre gemeinsamen Stunden, ihre Freundschaft. Als würden sie sich nicht schon seit dem ersten Schultag kennen, hätten nicht zusammen Hausaufgaben gemacht, gespielt, gelacht.

»Halime?« Halime schweigt. Was ist? Warum sagt sie nichts? Canan ist verwirrt. Okay. Es war falsch, deswegen auszuticken. Aber es ist nun mal passiert. Was soll sie denn tun? Halime sieht auf. »Nein. Das hätte ich nicht gedacht! Das kann ich mir nicht vorstellen!«

Canan versteht nicht. »Was denn?«

»Ich, ich meine, dass das immer noch so ist!« Halime versteht Canan. Natürlich. Sie kann sie sogar sehr gut verstehen. Trotzdem. Canan soll nach Hause. Klar. Irgendwann muss sie ja wieder heim. »Sie werden mich hassen!« Canan kann *es sich gut vorstellen. Es wird bestimmt alles noch schlimmer. Ihre Eltern werden sie noch mehr kontrollieren, noch mehr unter Druck setzen.*

»Pass mal auf, Canan. Deine Eltern kennen mich. Ich fahre gleich morgen früh einfach mal hin und versuche, es ihnen zu erklären. Ich bereite sie vor, okay? Dann schauen wir mal.«

Die Nacht wird lang. Es gibt noch so viel zu bereden. Canan ist aufgedreht. Das Reden lenkt sie ab, von ihrer Angst, ihrer Aufregung. Wie wird es morgen sein? Was werden ihre Eltern tun, was werden sie sagen?

»Es ist drei Uhr, Canan. Lass uns ein wenig schlafen. Das war ein anstrengender Tag!« Halime besteht darauf, dass Canan sich schlafen legen soll. Wenigstens für ein paar Stunden.

Sie hat recht, aber Canan kann nicht einschlafen. Ihre Augen brennen. Sie schließt sie, zieht die Decke über den Kopf. Sie ist müde, völlig erschöpft, aber die Gedanken, sie lassen sie nicht zur Ruhe kommen. Stimmen tauchen auf, aus dem Nichts, hallen in ihrem Kopf. »Weißt du eigentlich, was du ihnen angetan hast?« – »Kind, komm heim. Wo bist du, mein Kind?« – »Sie werden mich hassen!« – »Sie haben mich wie Dreck behandelt. Wie Dreck!« Canan öffnet die Augen. Draußen wird es schon hell. Hat sie etwa doch geschlafen? Es kommt ihr nicht so vor. Ihr Kopf brummt. Sie ist so müde. Halime ist auch schon wach. Die Arme! Hoffentlich konnte sie wenigstens gut schlafen. Canan und Halime beten gemeinsam das Morgengebet.

»Bitte, Gott, mach, dass alles gut geht!« Canan braucht heute länger als sonst. Sie betet arabisch, türkisch. Jedes Gebet,

jedes Wort spricht sie ganz langsam, ganz bewusst.

Halime wartet auf sie. »Ich gehe dann«, sagt sie. »Es wird alles gut, glaube mir!«

Canan stellt sich ans Fenster, schaut Halime hinterher, wie sie davonfährt. Es ist so düster. Der ganze Himmel ist von grauen Wolken bedeckt. Sie lassen keinen einzigen Sonnenstrahl durch. Nur Regen. Die Tropfen fließen die Scheiben entlang, so wie ihre Tränen.

Erdoğan ist aufgewacht. Er deckt den Frühstückstisch, geht hin und her. Von der Küche ins Wohnzimmer. Er redet kein Wort mit Canan. Nicht mal »Guten Morgen« hat er gesagt. Nichts. Wie lange hat sie am Fenster gestanden? Canan weiß es nicht. Sie hätte wenigstens den Tisch decken können. Will er ihr das mit seinem Schweigen sagen? Er ist gemein. Er versucht erst gar nicht, Canan zu verstehen. Es ist ihr alles peinlich genug und er gibt ihr auch noch das Gefühl, lästig zu sein.

Trotzdem. Canan hilft ihm. Holt den Käse, die Wurst, die Oliven aus dem Kühlschrank. Was soll sie sonst tun? Sie nimmt sich vor, die Sachen hineinzutragen und dann im Gästezimmer, da, wo sie immer geschlafen hat, auf Halime zu warten. Als sie die Sachen abstellen will, sieht sie, dass Erdoğan für zwei gedeckt hat. Wie soll sie das verstehen? Sie kann ihn nicht verstehen. Jedenfalls kann sie jetzt nicht einfach im anderen Zimmer warten. Sie setzt sich an den Tisch, aber mitessen wird sie nicht. Sie hat ohnehin keinen Hunger. Es ist schrecklich. Das Warten. Erdoğan beim Essen zuzusehen. Sein Schweigen. Wann geht er endlich zur Arbeit? Canan verbiegt unter dem Tisch ihre Fingernägel, bis sie einreißen. Sie trennt sie ab. Einen nach dem anderen. Ihr

Handy liegt auf dem Tisch. Immer wieder schaut sie drauf. Nichts. Warum hat ihre Mutter nicht schon längst angerufen? Es ist doch Stunden her, seit sie gestern Abend die SMS verschickt hat. Aber vielleicht, vielleicht hat ihre Mutter sie ja noch nicht gesehen. Sie hat ihr Handy nicht immer bei sich. Ja, genau! Es liegt bestimmt auf der Kommode im Flur. Neben ihrer Zimmertür. Da, wo auch die Hausschlüssel liegen. Und die Autoschlüssel und das Handy von ihrem Vater. Bestimmt liegt es daran.

Halime ist jetzt seit fast zwei Stunden weg. Canan hält es nicht mehr aus. Soll sie anrufen? Wenigstens Halimes Handy klingeln lassen? Was reden sie bloß so lange? Was sagen ihre Eltern?

Erdoğan steht auf, geht an Canan vorbei, sieht sie nicht mal an. Hat es geklingelt? Canan hat nichts gehört. Sie fühlt sich so überflüssig. Sie füllt ihre Nägel in eine Serviette und steckt sie in die Hosentasche. Sie traut sich nicht aufzustehen. Nicht mal zum Mülleimer. Erdoğan kommt nicht wieder herein. Er redet. Mit Halime. Halime!

»*Was hat mein Vater gesagt? Wie hat er geschaut? Und meine Mutter?*« *Halime soll alles erzählen. Immer wieder. Ganz von Anfang an. Canan will es ganz genau wissen.*

»*Wie erleichtert, wie glücklich deine Eltern waren!*«, *erzählt Halime. Und dass sie geweint hätten vor Freude. Dass sie am liebsten gleich mitgegangen wären, um Canan abzuholen. Dass es überhaupt nicht leicht für Halime gewesen war, sie davon abzuhalten.* »*Es hat lange gedauert, bis sie eingesehen haben, dass du dich nicht traust und ich dich erst überzeugen muss, dass sie dir nicht böse sind.*«

»*Und – sind sie es?*«

»*Na ja ...*« *Halime druckst herum.* »*Schon irgendwie*«, *sagt sie. Was sie sich alles ausgemalt hätten. Was sie alles durchgemacht hätten! Das könnten sie nicht so leicht vergessen. Und dann, dann waren Canans Eltern auch beleidigt, weil Canan so Angst vor ihnen hat. Weil sie nicht gleich mitgegangen ist und erst später mit Halime kommen will.* »*Was haben wir nur falsch gemacht?*« *Das hätten sie Halime immer wieder gefragt.* »*Sie wollten es verstehen. Sie wollten dich verstehen!*«

»*Bitte, bitte erzähl weiter!*«

Halime erzählt. Dass sie trotzdem glücklich sind, dass Canan bei Halime war. Und dass sie sich bedankt hätten, weil Halime sie aufgenommen hat.

Canan fällt Halime um den Hals, lässt sie nicht mehr los. »*Ja natürlich. Danke!*«

Ramadan

Meine Eltern hatten es zuerst gar nicht bemerkt, dass ich das Kopftuch nicht mehr aufhatte. Sie waren so sehr in Sorge und bemüht, ganz behutsam den Grund für meine plötzliche Veränderung herauszubekommen.

»Es war nur ein Versuch, es ist vorbei.«

Erst als ich das mehrmals gesagt, sogar mit den Händen auf meine Haare gedeutet hatte, begriffen sie es. Sie lachten, waren erleichtert. Und wie! Aber sie verstanden gar nichts mehr.

»Ich habe es euch doch gesagt! Ich wollte es nur ausprobieren.«

Na ja. Sosehr sich meine Eltern auch gefreut haben, ganz ohne Konsequenzen wollten sie es dann doch nicht hinnehmen. Doof! Ab sofort sollte ich immer Bescheid geben, wohin ich nach der Schule gehen wollte. Bis jetzt musste ich das nur, wenn ich zu spät war. Ich nickte. Wie lästig! Aber, na ja, das war schon okay. Irgendwann würden sie die ganze Aufregung wieder vergessen und ich würde sie langsam wieder an das alte System gewöhnen. Wir gingen hinunter und saßen endlich wieder mal alle gemeinsam am Esstisch.

»Sie ist wieder normal! Na, zum Glück hat sie heute keiner von meiner Klasse gesehen!«

Nur Erdems blöde Bemerkungen störten mich, als ich die gefüllten Paprikas vom Vorabend genoss. Aufgetaut und aufgewärmt sahen sie zwar nicht mehr so prall aus, aber das war mir egal. Die schmeckten mir immer.

Am nächsten Mittag, gleich nach der Schule, ging ich zur Moschee. Mensch, war das voll! Im ganzen Hof gingen Männer, alte und junge, rein und raus. Jungs waren kaum welche da, nur kleinere Kinder. Wahrscheinlich hatten die meisten noch Schule. Es war gar nicht leicht, da vorbeizukommen. Und erst recht an dem Schuhteppich, der sich von dem riesigen Regal auf den Flur ausgedehnt hatte. Als ich über die Schuhe balancierte, konnte ich schnell einen Blick in den Gebetsraum werfen. Jedenfalls in das, was man davon sehen konnte. Überall saßen schon Männer auf dem Boden und warteten, während andere sich noch ein Plätzchen suchten. Die Wände waren blau gekachelt und mit Ornamenten verziert. Der Boden war mit orientalischen Teppichen ausgelegt. Ja, so stellte ich mir eine Moschee eher vor. Nicht so, wie den schäbigen Kursraum. Ich ging hinauf. Ich wollte wissen, ob sich Canan gemeldet hatte. Ich hatte jedenfalls keine Antwort bekommen. Na ja. Wieso sollte sie mir auch schreiben? Ich war enttäuscht, klar, aber ich wünschte mir, dass es ihr gut ging und nichts Schlimmes passiert war. Das war die Hauptsache. Zum Glück war die Lehrerin da. Sie kam mir entgegen. Ich war mir nicht sicher gewesen, aber ich glaubte, am Tag zuvor nebenbei etwas vom Freitagsgebet gehört zu haben. Obwohl – ich dachte ja, dass das nur Männer machten. Ich meine, freitags in der Moschee zu beten.

»Haben Sie schon eine Antwort bekommen, von Canan?« Die Lehrerin lächelte mich kurz an, lief aber einfach weiter. »Ich habe jetzt keine Zeit, Sinem, warte, bis wir mit dem Gebet fertig sind, oder mach doch einfach mit!« Mitmachen? Nein. Ich wollte doch eigentlich auch Bescheid sagen, dass ich nicht mehr kommen wollte. Ich meine, was sollte ich denn überhaupt noch hier? Rana, Yasemin und Piepsstimme waren auch da. Sie gingen alle mit der Lehrerin nach unten. Na gut. Ich folgte ihnen. Wir gingen in einen Raum, der komplett mit einem grauen Teppichboden ausgelegt war.

An einer Wand klebte ein riesiges Mekkaposter. Völlig schief. Daneben hing an einer Reißzwecke ein Bild im Postkartenformat. Ich kannte das Bild gut. Meine Mutter bewahrte die gleiche Karte im Fotoalbum auf, die sie mal von einem verstorbenen Onkel zum *Opferfest* bekommen hatte. Als ich etwa zehn war, hatte ich sie mal gefragt, was der alte Mann auf dem Bild mit dem Messer mache. Ich hatte mich gegruselt, weil da ein jüngerer halb nackter Mann mit verbundenen Augen und Händen auf einem Felsen lag und ein Engel mit einer Hand in den Himmel und mit der anderen auf einen Widder zeigte. Erst hatte ich gedacht, dass das vielleicht Jesus sein könnte, obwohl ich wusste, dass er gekreuzigt wurde. Meine Mutter hatte mir daraufhin die unheimliche Geschichte von dem Propheten Abraham und seinem Sohn Ismael erzählt. Ich weiß noch, dass ich tagelang Albträume hatte und immer zu meinen Eltern ins Bett wollte. Meine Mutter hatte dann versucht zu erklären, dass das Ganze doch symbolisch sei und nur bedeute, dass Gott die Menschen nicht quälen wolle und vergebend sei.

Das war mir egal. Auch jetzt noch schauderte es mich. Diese ganzen Bibel- und Korangeschichten waren der Horror pur! Ich sah weg. Sah auf die paar Frauen, die schon gebetsbereit auf ihren ausgebreiteten Teppichen warteten. An einer Ecke stand ein holzverkleideter Lautsprecher, aus dem ein nerviges Gemurmel in den Frauenraum dröhnte. Das Ding musste ziemlich alt sein, mindestens aus dem letzten Jahrhundert. Jedenfalls knackste es ganz schön. Hin und wieder hustete jemand. Dann klopfte es. Jemand trommelte wohl irgendwo auf das Mikrofon.

»Allahu ekber!«

Ein Mann sprach. Das Gemurmel hörte schlagartig auf. Die Frauen und Mädchen standen auf, hoben ihre Hände und legten sie dann auf die Brust. Erst jetzt kapierte ich es! Das war eine Live-Schaltung in den viel größeren und viel schöneren Gebetsraum der Männer! Ich wollte nicht mitmachen. Lieber setzte ich mich in eine Ecke und schaute zu. Ich hatte keine Zeit für ein Abdest gehabt und heute sowieso kein Kopftuch dabei. Um in die Moschee hineingehen zu können, hatte ich mir meinen Wollschal um den Kopf gebunden. Das war vielleicht warm! Der Raum war so gut geheizt, dass mir der Schweiß die Wangen herunterrann. Da fiel mir ein, dass ich ja ein T-Shirt unter meinem Pulli anhatte. Ich zog ihn schnell aus. Das sah vielleicht aus! T-Shirt und Wollschal. Aber zum Glück waren ja alle beschäftigt. Alle bückten sich und knieten nieder, standen wieder auf. Die meisten bewegten sich synchron. Nur ein paar kamen nicht mit. Piepsstimme zum Beispiel. Sie schielte immer wieder zu ihrer Nachbarin und war nicht bei der Sache. Aber auch die Lehrerin stand nicht gleichzeitig mit den anderen auf. Sie hatte die Augen geschlossen und kümmerte sich nicht um den Rhythmus der anderen.

»Allahu ekber, allahu ekber …«

Ups – war's das schon? Nein. Alle blieben sitzen und hörten dem Hodscha zu, der jetzt Suren auf Arabisch sang. Ich verstand natürlich wieder mal nichts, aber das machte nichts. Es hörte sich toll an. Der Hodscha hatte eine so weiche, hohe Stimme – so sah der gar nicht aus. Ob alle eine schöne Stimme haben mussten, um Hodscha zu werden?

»Hochverehrte Gläubige!«

Ui. Jetzt begann der Hodscha mit seiner Predigt. Zum Glück auf Türkisch. Ich war total gespannt, aber als ich hörte, dass es um das Fasten und den Ramadan gehen sollte, war ich enttäuscht.

Wenn ich schon hier saß und mir das antat, dann hätte es ruhig ein spannenderes Thema sein können. Ich weiß nicht, vielleicht Kopftuch oder so? Nein, lieber doch nicht. Ich hatte genug von dem Thema!

»Zweifellos ist das Fasten eine Erholung für den Körper, eine Reinigung. Doch es wirkt sich nicht nur auf unseren Körper vorteilhaft aus.« Der Hodscha zitierte mehrmals den Propheten Muhammed und aus dem Koran. Dann sagte er, dass Gott einen Gläubigen, der in seinem Namen fastet, mit körperlichem und geistigem Wohlsein beschenken würde. Geduld, Ausdauer, Selbstbeherrschung und Dankbarkeit führten zum Ziel, zur Reifung des Menschen.

Wie langweilig! Obwohl – als ich mal vor ein paar Jahren versucht hatte, gemeinsam mit meiner Mutter zu fasten, da war ich schon stolz auf mich gewesen. Ich hatte es drei Tage ausgehalten. Immerhin! Die letzten Minuten bis zum Sonnenuntergang waren immer am schwierigsten gewesen. Immer wieder hatte ich auf die Uhr geschaut und meine Mutter gefragt, wann es denn so weit sein würde, wann wir endlich wieder essen dürften. Ich hatte mir immer vorgenommen, von allem zu essen, war gierig auf alles gewesen, was aufgetischt wurde. Aber dann, dann war ich immer schon nach der Suppe satt gewesen. Na ja. Und nach drei Tagen hatte ich keine Lust mehr auf das Fasten gehabt. Ich meine, eigentlich hatte ich mich von Erdem verführen lassen. Immer wieder hatte er haufenweise Pudding und Chips und Schokolade gegessen. Vor meinen Augen. Extra! Nein, zu hungern war nichts für mich. Am vierten Tag hatte ich mir ein Stück Schokolade genommen. Heimlich. Aber Erdem hatte es gemerkt und mich verpetzt. »Dann lass es lieber ganz«, hatte meine Mutter gesagt. »Das bringt so nichts!« Sie selbst hatte es aber durchgezogen. Wie jedes Jahr. Dreißig Tage lang.

»Geschätzte Muslime!« Ich schreckte auf. Ich hatte gar nicht mehr zugehört. »Das Fasten weckt unser Verständnis und Mitgefühl für die Armen und Hungernden, damit wir ihnen die Hand reichen mögen.«

Ich schaute auf die Uhr. Wie lange würde das denn noch dauern? Ich musste doch unbedingt mit der Lehrerin reden.

»Oh, du allmächtiger, gnädiger und vergebender Gott …« Der Hodscha war zum Gebet übergewechselt. Alle hielten die Hände geöffnet vor der Brust. Ich machte mit, vielleicht würde die Zeit dann schneller umgehen. Der Hodscha sprach auf einmal so schnell, dass ich gar nicht mitkam. Wie doof! Nur weil er es auswendig konnte!

Man musste doch verstehen können, was man sich von Gott wünschte.

»Lass unsere Verstorbenen in Frieden ruhen. Schütze unsere Eltern, Kinder, Verwandten, Nachbarn und Freunde, unser Land, unser Volk, alle Gläubigen und alle, die in Not sind ...«

Das hatte ich verstanden. Das hatte er nicht so schnell gesagt. Und was war mit all den anderen? Zum Beispiel, ja, zum Beispiel mit den Atheisten? Warum sollte Gott die nicht schützen? Eben in der Predigt hatte er doch noch gesagt, dass der Ramadan eine besondere Zeit des Friedens und der Einkehr sei. Besonders in dieser Zeit sollten wir Stolz, Hass- und Rachegefühle vergessen, uns vergeben und uns die Hände reichen. »Alle Menschen, die ganze Welt«, sagte ich leise. »Amin.«

Plötzlich piepste mein Handy, alle drehten sich zu mir um. Wie peinlich. Ich stellte es schnell auf lautlos, schaute abwesend zum Mekkaplakat und tat so, als hörte ich ganz vertieft zu. Der Hodscha sagte wieder etwas auf Arabisch. O Mann, ich hatte gedacht, nach dem Gebet wäre das Ganze zu Ende, aber alle standen auf und beteten noch mal auf dem Teppich. Ich gab auf. Ich lehnte mich an die Wand. Vielleicht sollte ich die Zeit nutzen und Hausaufgaben machen? Ich dachte an die Schule. Die hatten vielleicht alle doof geschaut, als ich am Morgen in die Klasse gekommen war! Aber keiner hatte sich getraut, etwas zu sagen oder zu fragen, warum ich jetzt wieder kein Kopftuch trug. Die kamen wohl nicht mehr mit. Und Meli hatte mich wieder gar nicht beachtet. Ach, darüber wollte ich jetzt nicht nachdenken.

Irgendwie tat mir das total weh.

Ich döste so vor mich hin, lauschte dem leisen Rascheln der Kleidung, das entstand, wenn die Frauen und Mädchen aufstanden, sich verbeugten und sich wieder setzten. Ich glaube, ich wäre eingeschlafen, wenn die Mädchen nicht auf einmal zu quatschen angefangen hätten und aus dem Lautsprecher wieder das Gemurmel aus dem Männersaal herausgedröhnt wäre. Endlich! Das Freitagsgebet war zu Ende. Ich sprang auf und eilte zur Lehrerin.

»Sinem, schön, dass du gewartet hast. Jetzt bin ich für dich da!«

»Ich wollte nur fragen, ob Sie etwas von Canan gehört haben?«

»Wieso, hat sie dir nicht geantwortet?«

»Nein, Ihnen vielleicht?«

»Ähm, also …« Die Lehrerin überlegte kurz, aber sie antwortete mir nicht. Sie bückte sich einfach und legte ihren Gebetsteppich zusammen.

Hallo? Was sollte das denn heißen? Hätte Canan mir schreiben sollen? Ich griff nach meinem Handy. Stimmt. Mein Handy! Ich hatte eine Nachricht bekommen! Die Nummer – sie war nicht in meinem Adressbuch gespeichert. Aber ich, ja, kannte sie doch …

Hallo Sinem. Mir geht es gut. Ich würde auch gerne mit dir reden. Canan

Abschied

Erdoğan geht. Na klar. Jetzt, wo er beruhigt ist. Canans Eltern wollen der Polizei nicht erzählen, dass Canan bei ihm und Halime gewesen ist. Außerdem weiß er ja jetzt, dass Canan heute heimgeht. Trotzdem. Canan bedankt sich auch bei ihm. Immerhin. Er versucht zu lächeln.

Halime bereitet sich vor. Sie muss heute wieder arbeiten. Canan räumt auf. Die ganze Zeit hatte sie schon versucht behilflich zu sein, wollte nicht zur Last fallen.

»Und du willst wirklich warten, bis ich wieder da bin?«

Ja. Das ist Canan lieber. Auch wenn sich ihre Eltern freuen, Ärger bekommt sie bestimmt. Aber es ist etwas anderes, wenn jemand dabei ist. Wenn Halime dabei ist.

Canan ist allein. Wieder einmal. Aber es ist nicht schlimm. Zum ersten Mal ist es nicht schlimm, denn sie fühlt sich nicht einsam. Zum Glück weiß Halime nicht, wie Mert sie belästigt hat. Sie hätte Canan sonst nie allein gelassen. Ach! Es ist vorbei. Es ist alles vorbei. Canan geht von Zimmer zu Zimmer. Was soll sie bloß solange tun? Alles ist aufgeräumt, das Geschirr in der Spülmaschine. Vielleicht sollte sie fernsehen? Das lenkt ab.

Sie starrt auf den dunklen Bildschirm. Er ist ganz schön verstaubt. Am ersten Abend hier, da hat er sie auch abgelenkt. Zuerst. Aber dann. Sie muss daran denken, wie sie am Montag hier gesessen ist und die Nachrichten geschaut hat. Wie sie in sich zusammengesunken ist. Da ist es ihr klar geworden. Sie musste sich entscheiden. Zwischen ihrem Glauben und ihrem Traum.

Nein, das wird sie nicht tun. Irgendwann, ja. Aber nicht heute. Heute ist schon Donnerstag. Wie schnell die Zeit vergangen ist. Jetzt zumindest kommt ihr das so vor. Denn die Nächte waren lang gewesen. Die schlaflosen Nächte. Wie unendlich waren sie ihr vorgekommen.

Canan lässt den Fernseher aus. Sie holt ein Tuch und wischt den Staub weg. Dazu waren Halime und Erdoğan die letzten Tage nicht gekommen. Klar. Wegen ihr. Canan wischt und wischt. Sie entstaubt die Kommoden, die Schränke, die Stereoanlage, die ganze Wohnung, alles. Das tut gut. Eigentlich hasst sie Staubwischen, aber heute tut es ihr gut.

Jetzt noch den Müll hinunterbringen. Dann ist Canan fertig. Dann ist alles sauber. So gut hat sie sich lange nicht mehr gefühlt. Canan öffnet die schwere Haustür. Wo sind denn hier die Mülltonnen? Ach da! Sie stehen hinter der Hecke. Canan öffnet den Deckel. War da jemand? Sie dreht sich um. Mert! Canan kann es nicht fassen. Es reicht! Canan schleudert den prallen Müllbeutel auf den Boden. Er platzt auf. Bananenschalen, das Abendessen von vorgestern, gekochter Reis mit Bohnen, Olivenkerne, Eierschalen, vollgesogene Papierservietten, Kaffee- und Teesatz. Der ganze Abfall verteilt sich auf der Straße. Der Gestank auch.

Sie hat die Nase voll. Sie greift in den Müll. Sie geht auf Mert zu, hält ihm die Faust mit dem Dreck vor die Nase. Mert schielt verwirrt auf ihre verschmierte Hand, weicht angewidert zurück. »Ich hatte Ihnen doch gesagt, dass Sie mich in Ruhe lassen sollen. Was bilden Sie sich ein? Verschwinden Sie, sonst rufe ich die Polizei. Halime und Erdoğan wissen Bescheid. Sie wissen, was Sie für ein Schwein sind!« Canan brüllt, schreit, kotzt sich aus. Die Leute auf der

Straße schauen. Mert presst die Lippen zusammen, ballt die Fäuste. Canan ist alles egal. Sie fühlt sich stark. So unendlich stark. »Verschwinde!«

Mert dreht sich um und hastet davon. Endlich! Canan geht zurück. Sie sammelt den Müll ein. Wirft ihn weg. Mit bloßen Händen. Wischt mit alten Zeitungen nach. Bis alles sauber ist.

Cemile hängt an Canans Hals. Can grinst die ganze Zeit, will ihr helfen alles nachzuholen, was sie in der Schule verpasst hat. Canans Mutter hat Börek mit Kartoffeln und Spinat gemacht. Ihr Lieblingsessen. Ihr Vater kann sein Teeglas nicht ruhig halten. Er weint. Canan weint. Dann. Dann kommen die Fragen. Und die Vorwürfe. Sie bleiben nicht aus. Natürlich nicht. Sie kommen. Nach und nach. Wie gut, dass Halime noch da ist. Sie versucht zu trösten, zu vermitteln, zu übersetzen. Bis alle ruhig sind. Bis alle sich sicher sind, dass alles wieder gut ist.

Dann passiert noch etwas. Etwas, womit Canan nie gerechnet hätte. Nie im Leben! Sie bekommt eine SMS. Eine SMS von Sinem. Canan kann es nicht glauben. Sie ist völlig durcheinander.

»Antworte ihr doch«, sagt Halime. »Es scheint ihr wirklich leidzutun.«

»Jetzt auf einmal!«

Nein, Canan antwortet nicht. Wieso sollte sie? Canan will jetzt nicht an Sinem denken, nicht an die anderen und nicht an die Schule. Zum Glück muss sie morgen noch nicht hin. Erst am Montag. Komisch. Sie musste gar nicht darum betteln. Das kam von ihren Eltern. Von ihren Eltern!

Später, nach dem Kaffee, als Halime gerade gehen will, kommt die gleiche Nachricht noch einmal. Genau die gleiche. Sinem will mit Canan reden.

»Gib ihr doch eine Chance!«, sagt Halime.

Darüber kann Canan jetzt nicht nachdenken. Später vielleicht. Sie legt ihr Handy weg, begleitet Halime zum Auto.

»Schade, ich hatte mich so an dich gewöhnt!«, sagt Halime. Es wird ein langer Abschied. »Du kannst jederzeit zu mir kommen, Canan. Ich bin immer für dich da.«

Canan bedankt sich. Immer wieder. Und winkt ihr. Bis sie nicht mehr zu sehen ist. Bis sie verschwunden ist. Weg. Komisch. Halime ist weg. Im Fahrstuhl nach oben ist es auf einmal so wie früher. So, als ob nichts gewesen wäre. Aber als Canan die Tür aufschließt, ist es anders. Ihre Eltern, Can und Cemile sind anders. Nicht so wie früher. Sie verhalten sich, als ob Canan Besuch wäre. Sie sind irgendwie aufmerksamer, netter. Sie strahlen sie an. Cemile will bei Canan schlafen. Unbedingt. Ihre Mutter fragt sogar, ob das in Ordnung für sie ist oder ob sie nicht lieber ihre Ruhe haben will. Hoffentlich bleibt das so.

»So soll es immer bleiben. Bitte, Gott.«

Wiedersehen

»Wie schön Sie es hier haben!« Das fand ich wirklich. Vor allem – es gab hier keine Deckchen. Ich weiß nicht warum, aber meine Mutter konnte auf keines ihrer Deckchen, die sie überall in der Wohnung verteilt hatte, verzichten. Vielleicht weil sie zu ihrer Mitgift gehörten, handgehäkelte Geschenke von meiner Oma waren? Trotzdem. Das nervte mich. So modern und gemütlich es auch bei uns war, die Deckchen machten alles kaputt. Hier bei der Lehrerin gab es kein einziges. Und alles war so geschmackvoll aufeinander abgestimmt. Kein Zeug, das jeder hatte. Ich nahm mir fest vor, dass ich mal meine eigene Wohnung genauso einrichten würde.

»Danke, Sinem«, sagte die Lehrerin. »Setz dich doch. Magst du etwas trinken?«

Ich lief die ganze Zeit herum. Sah mir alles genau an. Die Schwarz-Weiß-Fotografien, die Skulpturen. »Nein danke!«, sagte ich. Ich war so aufgeregt. Wie vor einer Prüfung. Ich hielt es fast nicht mehr aus. Die Lehrerin saß auf dem Sofa und lächelte. Sie wirkte total entspannt. Vielleicht sollte ich mich auch setzen? Vielleicht würde das helfen? Nein. Es half nicht. Ich war immer noch angespannt. Aber immerhin klingelte es. Endlich! Die Lehrerin machte auf. O Mann! Ich hatte mir auf dem Weg hierher immer wieder überlegt, was ich ihr sagen würde. Jetzt war nichts mehr davon da. Jetzt war sie da. Canan. Sie kam rein. Ich stand auf.

»Hallo!« Das war das Einzige, was ich herausbrachte. Ich streckte ihr meine Hand entgegen. Sie nahm an.

»Kommt, macht es euch gemütlich!«, sagte die Lehrerin. »Ich mache euch einen heißen Kakao.« Sie ging.

Wir saßen da. Canan und ich. Wie seltsam. Seit Jahren waren wir nicht mehr gemeinsam in einer Wohnung gewesen.

»Ach ja!« Ich zog aus meiner Hosentasche einen blaugrünen Stein heraus, einen Türkis. Ich war noch mal kurz zu Hause gewesen. Ich meine, nach dem Freitagsgebet, nachdem die Lehrerin angeboten hatte, dass wir uns bei ihr treffen könnten. Ich hatte sogar meiner Mutter Bescheid gegeben, wann und wo und mit wem ich mich treffen würde. Ganz wie ein braves Mädchen. Wie nervig! Meine Mutter war verwundert gewesen und hatte natürlich auch wissen wollen warum, aber ich hatte sie zum Glück mit einem »Das erzähle ich dir später!« hinhalten können. Na ja, jedenfalls war mir beim Rausgehen plötzlich der Stein eingefallen und ich hatte ihn noch schnell eingesteckt. »Ich hoffe, du sammelst sie noch!«, sagte ich. Canan sah mich mit großen Augen an. »Das ist doch … das ist doch … danke!«

Sie hatte ihn erkannt! Damals schon hatte sie ihn toll gefunden, aber ich hatte ihn ihr nie schenken wollen. Ich war neidisch gewesen auf ihre Sammlung aus Kiesel- und Edelsteinen und ich hatte nur den einen gehabt.

»So, lasst es euch schmecken. Aber passt auf, er ist noch sehr heiß!« Die Lehrerin kam herein und trug ein Tablett mit zwei dampfenden Tassen und einem Teller voller Schokokekse.

»Danke, Halime!«, sagte Canan.

Halime? Stimmt. Hülya hatte ja gesagt, dass sie sich

duzten. So hieß sie also, die Lehrerin. Halime! Sie erzählte Canan noch mal genau, woher wir uns kannten. Am Telefon, als sie Canan zu unserem Treffen einladen wollte, hatte sie ihr wohl schon etwas von meinen Moscheebesuchen berichtet und sie dann auch mit einem »Alles andere erzähle ich dir später« vertröstet.

»Du warst wirklich im Korankurs?« Canan sah mich forschend an. »Ich glaube es immer noch nicht!«

»Sie hat sogar ein Kopftuch getragen!«, sagte die Lehrerin.

»Wie? So richtig? Ich meine, auch draußen?«

Ich nickte. Das konnte sich Canan wohl wirklich nicht vorstellen. Sie vergrub ihr Gesicht in den Händen und schüttelte ungläubig den Kopf. »Auch in der Schule«, sagte ich, »und in GL!« Es wurde still. Irgendwie ernst. Mist! Warum hatte ich das gesagt? Wollte ich das Gespräch dahin lenken, wollte ich mich entschuldigen? Ich meine, unbewusst? Canan rührte sich nicht, hielt ihr Gesicht verborgen. Für eine halbe Ewigkeit. Was würde jetzt kommen? Was sollte ich sagen? Canan schaute auf. »Echt?«, sagte sie nur. Sie lächelte sogar.

Mensch, war ich erleichtert! Ich meine, dass wir erst einmal nicht über die Diskussion am Montag sprechen mussten. »Aber – aber nur gestern, nur einen Tag!«, sagte ich. Ich weiß nicht, irgendwie musste ich das noch erwähnen. Canan sollte jetzt kein völlig falsches Bild von mir bekommen.

»Schade, das hätte ich so gern gesehen«, sagte Canan.

»Wie sah das denn aus?« Canan schaute die Lehrerin an.

»Sehr gut«, sagte sie und zuckte hilflos mit den Schultern, »aber wie soll ich das erklären?«

Na gut. Einmal noch. Ich kaute den Keks schnell hinunter. Canan lieh mir ihr Tuch und ich band es mir um den Kopf. So wie ich es mir von Jasemin abgeguckt hatte.

»Das sieht toll aus, aber weißt du noch, wie du es am ersten Tag in der Moschee gebunden hattest?« Die Lehrerin öffnete ihr langes hellblaues Tuch, das sie locker um den Hals geworfen hatte, faltete es zum Dreieck und machte einen Knoten unterm Kinn. Wie Hexen in Märchenbüchern oder Schauspielerinnen aus den Fünfziger- oder Sechzigerjahren, die im Cabriolet sitzen.

So also hatte ich am Mittwoch ausgesehen. Na ja. Inzwischen war auch mir klar geworden, dass heutzutage keiner mehr sein Kopftuch auf die Art trug. Ich ließ es über mich ergehen, dass sie über mich kicherten, und nahm mir noch einen Keks. Die waren total lecker. Meine Aufregung war weg. Ich hätte nie gedacht, dass Canan und ich mal so miteinander reden würden, dass wir uns überhaupt irgendwo zusammensetzen würden. Ohne die Lehrerin wäre das wohl nie geschehen. Die SMS-Aktion im Korankurs hatte sie nur für uns veranstaltet.

»Ich wollte, dass ihr einen Weg zueinanderfindet. Da habe ich einfach nur etwas nachgeholfen!«, hatte sie mir nach dem Freitagsgebet erzählt, als ich die SMS von Canan bekommen hatte. Deswegen hatte sie mir nicht verraten, dass Canan die ganze Zeit bei ihr gewesen war, und natürlich auch wegen der Polizei.

Na ja. Erst war ich schon etwas sauer gewesen, dass sie mich – eigentlich ja alle – so lange im Unklaren gelassen hatte. Aber dann … Hülya hatte recht. Sie war schon klasse, die Lehrerin. Mmh! Und ihr Kakao auch. Sie hatte ein wenig Zimt darauf gestreut. Das kannte ich so gar nicht. Jedenfalls schmeckte er total lecker. Ich lehnte mich zurück und genoss das inzwischen lauwarme Getränk. Aber nicht lange. Canan war auf einmal ganz unruhig.

»Was ist?« Es hatte wohl geklingelt. Ich hatte es gar nicht mitbekommen. Ich gab Canan das Kopftuch zurück und sie band es sich schnell um.

»Erdoğan kann es jedenfalls nicht sein«, sagte die Lehrerin.

»Mert! Es ist bestimmt Mert!«, sagte Canan.

»Wieso denn Mert?« Die Lehrerin ging zur Tür und kam gleich wieder zurück. »Es ist die Polizei! Sie kommen gerade hoch.« Die Lehrerin war kreidebleich und sah Canan an.

»Wir haben nichts gesagt, wirklich. Du warst doch gestern selbst dabei, als mein Vater dort angerufen hat.«

»Ich habe auch keinem etwas gesagt«, sagte ich sicherheitshalber, obwohl das sicher sowieso niemand angenommen hätte. Ich wusste doch erst seit ein paar Stunden, dass Canan bei der Lehrerin gewesen war. Außerdem hatte ich ihr versprochen, es keinem zu verraten.

Es klingelte noch einmal. Oben. Canan und ich gingen ins Schlafzimmer und verhielten uns still. Nicht nur, damit wir alles mitbekamen, sondern sicherheitshalber. Vielleicht war es besser, dass die Polizei uns nicht bei der Lehrerin sah. Jedenfalls mussten wir total aufpassen. Wir hielten die Luft an und lauschten. Es klingelte ein drittes Mal, bevor die Lehrerin aufmachte.

»So sieht man sich wieder!«, sagte der Polizist. Ich erkannte seine Stimme sofort. Ich konnte mir sein arrogantes Gesicht genau vorstellen.

»Wie kann ich Ihnen helfen?« Wie sie das nur machte? Die Lehrerin hörte sich total gelassen an. Das konnte man von uns nicht behaupten. Canan presste sich die Hände vor den Mund. Ich hatte ganz weiche Knie und musste mich setzen. Ich ließ mich langsam auf den Boden sinken. Mist! Mein Knöchel knackste.

»Wir möchten Sie bitten, mit aufs Revier zu kommen«, sagte die Beamtin. »Es liegt eine Anzeige gegen Sie und Ihren Ehemann vor. Es ist in Ihrem Sinne, wenn Sie so bald wie möglich eine Aussage machen.«

»Eine Anzeige? Weswegen denn und von wem?« Die Lehrerin klang völlig entsetzt. Jedenfalls war das bestimmt nicht gespielt.

»Ein Zeuge behauptet, dass sich die Vermisste, Canan Zambak, ohne das Wissen ihrer Eltern bei Ihnen aufgehalten hat. Außerdem sollen Sie die Minderjährige zeitweise völlig allein und unbeaufsichtigt gelassen haben.«

Ein Zeuge? Ich verstand gar nichts mehr. Canan drückte meinen Arm. Wusste sie etwas?

»Ich verstehe die ganze Aufregung nicht«, sagte die Lehrerin. Sie wurde unruhig, sprach auf einmal sehr schnell. »Canan wird nicht mehr vermisst. Das wissen Sie doch genau. Sie ist zu Hause und wohlauf!«

»War sie nun bei Ihnen oder nicht?« Der Polizist ließ sich nicht beirren. Er klang immer noch so forsch wie am Anfang.

»Ja, aber …« Die Lehrerin konnte ihren Satz nicht beenden.

»Aha! Dann haben Sie neulich in der Moschee ganz bewusst eine Falschaussage gemacht!«

»Das war keine Falschaussage. Da habe ich …«

»Wo ist denn überhaupt Ihr Mann?«

»Bei der Arbeit!«

»Und wann kommt er wieder?«

»Komm … «, sagte die Polizistin. »Es genügt völlig, wenn sie eine Aussage macht.« Endlich unterbrach sie ihren Kollegen. Ich war froh, dass ich mir das nicht länger anhören musste. Wie der mit der Lehrerin umging!

»Ich möchte das klarstellen. Ich wusste nicht, dass Canan von zu Hause weggelaufen war, bis Sie am Mittwoch in die Moschee gekommen sind. Ich habe keine Falschaussage gemacht. Ich wollte nur erst mit Canan sprechen. Sie hatte sich mir mit ihren Problemen anvertraut, da konnte ich doch nicht …«

»Das können Sie alles auf dem Revier zu Protokoll geben«, sagte der Mann. »Kommen Sie mit oder brauchen Sie eine Vorladung?«

Die Lehrerin sagte nichts mehr. Wir hörten nur noch, wie sie die Tür zuzog. Wie gut, dass sie nicht abschloss.

»Mert! Dieser Scheißtyp! Das kann nur er gewesen sein!« Canan war völlig aufgelöst. Wer war Mert? Was ging hier vor? »Ich habe ihm gesagt, dass Halime und Erdoğan wissen, was er für ein Schwein ist.«

Es dauerte ganz schön lange, bis ich alles verstanden hatte. Canan erzählte kreuz und quer, und dass ihre Zähne die ganz Zeit klapperten, machte es auch nicht leichter. Puh! Was sie durchgemacht hatte! Und was es für Typen gab! Ich konnte es nicht fassen.

»Was geschieht jetzt mit ihr?«, fragte Canan.

Ich hatte keine Ahnung. Wir gingen ins Wohnzimmer. Der Kakao war kalt. Wir räumten die Tassen weg. Was sollten wir tun?

»Arme Halime!«, sagte Canan. »Und das alles wegen mir!« Was sollte ich sagen? Es stimmte ja. Trotzdem. Ich versuchte Canan zu trösten, sagte, das stimme nicht und so. Klar, dass das nicht half. Canan war völlig fertig.

»Ich muss da hin«, sagte Canan auf einmal. »Ich muss der Polizei alles erklären.«

»Aber was soll das denn bringen?« Die Polizei wusste doch alles. Ich meine, dass Canan längst wieder zu Hause war und dass es nicht ihre Eltern waren, die die Anzeige erstattet hatten. Nur das zählte doch, oder? Und trotzdem hatten sie die Lehrerin einfach mitgenommen.

»Dann müssen wir uns etwas einfallen lassen!«, sagte Canan. »Aber nicht hier. Ich möchte jetzt auf keinen Fall Erdoğan begegnen. Der kann mich sowieso nicht mehr leiden!«

Wir zogen unsere Schuhe an und gingen raus. Canan und ich.

Gemeinsam

Das zuständige Polizeirevier zu finden war leicht gewesen. Canan und ich waren in das nächste Internetcafé gerannt und hatten in der Suchmaschine einfach »Polizei« und »Frankfurt« eingegeben. Aber Halime zu finden, das war gar nicht leicht. Die Beamten hier waren zwar sehr nett – überhaupt nicht so wie der brummige Polizist –, aber das half uns nicht, denn irgendwie kapierten die nicht, was wir wollten. Na ja. Die kannten Halime nicht und wir wussten nicht, wie die beiden Beamten hießen. Wir mussten bestimmt zwanzig Minuten oder so warten, bis ein Mann uns sagen konnte, dass Canan Zambak wieder zu Hause und der Fall abgeschlossen sei. Na toll! Über laufende Ermittlungen oder aktuelle Anzeigen könne er allerdings keine Auskunft geben. Wir gaben auf. Jedenfalls wären wir wieder gegangen, hätte ich nicht die Polizistin, ich meine die Kollegin von dem hochnäsigen Beamten, zufällig am Kaffeeautomaten gesehen.

Wir stürzten auf sie zu.

»Wir, ich meine, sie muss eine Aussage machen!«, sagte ich und zeigte auf Canan.

»Was denn für eine Aussage?« Die Frau brauchte eine Weile, bis sie mich erkannt hatte. Klar, jetzt war ich ja wieder ohne Kopftuch. »Ach, du schon wieder!«

Canan sagte, dass sie freiwillig zu der Lehrerin gegangen sei und ihr verheimlicht habe, dass sie von zu Hause abgehauen war. »Bitte lassen Sie sie gehen. Sie kann nichts dafür, wirklich!«

»Das kann ja sein, aber es liegt eine Anzeige gegen sie

vor«, sagte die Beamtin. »Und deswegen ist sie hier!«

»Dieser Typ, Mert, er hat das mit der Anzeige doch bestimmt nur gemacht, weil er was von mir wollte und ich ihn verjagt habe. Er hat mich sogar verfolgt und da habe ich ihm gesagt, dass meine Lehrerin und ihr Mann wüssten, was er für ein Schwein ist.«

»Hör mal«, sagte die Polizistin. »Mit dir werden wir sowieso noch reden müssen. Aber jetzt geht es darum, dass eine Anzeige gegen deine Lehrerin vorliegt, und deswegen macht sie jetzt ihre Aussage.« Sie nahm sich ihren Becher und wollte schon weggehen. Auf einmal blieb sie stehen. »Autsch!« Ihr Kaffee war offensichtlich übergeschwappt, so heftig, wie sie sich plötzlich umgedreht hatte. »Woher wisst ihr eigentlich, dass sie hier ist?« Wie dumm! Wir hatten alles besprochen, aber daran hatten wir nicht gedacht.

»Ähm …« Ich schaute zu Canan, aber ihr schien auch nichts Gescheites einzufallen.

»Tja, dann kommt mal mit!«, sagte die Polizistin. Sie ging mit uns in einen winzigen Raum mit zwei riesigen Schreibtischen. An einem saß eine Frau in Zivil, die nicht mal aufsah, als wir hereinkamen. Jedenfalls war ich froh, dass wenigstens der furchtbare Beamte nicht hier war. Auf seine Sprüche hatte ich jetzt überhaupt keine Lust.

»Also?«

So jämmerlich wie jetzt hatte ich mich noch nie in meinem Leben gefühlt. Wir mussten zugeben, dass wir uns im Schlafzimmer versteckt hatten. Wie peinlich! Wie schrecklich! Das half der Lehrerin bestimmt nicht. Wir machten alles noch schlimmer! Ich stieß Canans Fuß an.

Los! Worauf wartete sie noch? Canan sah mich an, irgendwie war sie völlig verzweifelt.

»Also, ich, ich bin abgehauen, weil ich nicht wusste wohin. Weil, weil meine Eltern, die erlauben mir nichts.« Sie holte tief Luft. »Sie zwingen mich das Kopftuch zu tragen, obwohl ich das gar nicht will. Und da bin ich eben zu Halime, ich meine, zu meiner Lehrerin gegangen, weil sie, sie sagt immer, dass es im Glauben keinen Zwang geben darf.« Die Polizistin horchte auf. »Ja, und mein Bruder, der darf immer alles, er ist der Pascha, und wir, meine Schwester und ich, sind nichts.« Inzwischen hatte sich die Beamtin einen Block herausgeholt und schrieb mit. »Meinen Eltern ist es völlig egal, dass ich mit dem Kopftuch Schwierigkeiten habe in der Schule. Es ist ihnen sowieso egal, was aus meiner Schule, was aus mir wird. Wenn's nach ihnen ginge, sollte ich ohnehin bald heiraten.« Canan war so gut. Die Frau biss schon auf ihren Lippen herum. »Und da bin ich zu meiner Lehrerin gegangen, weil ich nicht mehr weiterwusste und weil sie immer so nett ist und so verständnisvoll.« Canan sah die Polizistin mit großen Augen an. »Sie hat mit meinen Eltern geredet und jetzt ist alles wieder gut. Sie wollen mich nicht mehr in die Türkei schicken!«

Auf einmal klappte die Polizistin ihren Block zu und stand auf. »Das reicht!«

Ich zuckte erschrocken zusammen. Oje! Was machten wir hier eigentlich? Am liebsten hätte ich die Zeit zurückgedreht. Wären wir doch nie hierhergekommen. Die andere Frau schaute zum ersten Mal auf. Nur ganz kurz. Hatten sich die Kolleginnen gerade zugezwinkert? Es ging so schnell. Ich war mir nicht sicher.

»Deine Aussage war ganz, ganz wichtig«, sagte die Polizistin, »... und ich werde mich persönlich dafür einsetzen, dass die Anzeige keine negativen Folgen für deine Lehrerin hat!«

Was? Am liebsten wäre ich aufgesprungen, aber ich ließ es lieber bleiben. Ich konnte es nicht glauben. Das hätte ich nie im Leben von Canan gedacht, dass sie das so gut hinbekommt. Erst hatte ich ja Zweifel gehabt, dass unser Plan klappen würde, doch die Beamtin war voll in unsere Falle getappt. Wow!

»Aber ...« Die Polizistin fasste Canan an der Schulter und sah ihr auf einmal ganz besorgt und mitleidvoll in die Augen. Den Blick kannte ich doch! »Du musst mir versprechen, dass du das nächste Mal nicht abhaust. Du kannst dich jederzeit an das Jugendamt wenden oder am besten direkt an mich, okay?«

Canan nickte. Ich nickte einfach mit.

»Gut!« Die Polizistin schaute mit zusammengepressten Lippen zu der anderen Frau und schob uns aus dem Raum. Kaum waren wir draußen, warf sie die Tür zu. Komisch. Canan und ich sahen uns an, schauten auf die Tür. Hatte da jemand gelacht? Egal. Hauptsache, die Lehrerin war gerettet.

Die Lehrerin lachte jedenfalls nicht, als wir uns draußen begegneten. Wir hatten einfach vor dem Revier auf sie gewartet.

»Ihr hättet nicht kommen brauchen«, sagte sie, und dass sie die Sache nur schnell hinter sich bringen wollte und gleich wieder nach Hause gekommen wäre. Sie ging einfach los und wir trabten ihr hinterher.

»Wir – ich meine, Canan wollte Ihnen doch nur helfen!«, sagte ich.

»Es wäre mir nichts passiert.« Die Lehrerin blieb stehen, sah sie kühl an. Canan schaute beschämt auf den Boden. »Mert war es, nicht wahr?«

Canan nickte. »Ich glaube schon!«

»Kannst du mir erklären, was er für einen Grund hatte, uns anzuzeigen?« Die Lehrerin fuhr Canan richtig an. Die Arme wurde ganz schön kleinlaut, konnte gar nichts mehr sagen. Wir gingen weiter. Canan schwieg. Die Lehrerin schwieg. Das war doch gemein.

»Sie kann gar nichts dafür«, sagte ich. Dieser Fiesling hatte Canan belästigt und sie auch noch verfolgt und trotzdem bekam sie jetzt alles ab. Ich begann zu erzählen. Die Lehrerin blieb fassungslos stehen. »Wie bitte?«

Erst danach brach Canan ihr Schweigen und erzählte ihr alles genau. Ich versuchte abzuschalten, gar nicht zuzuhören. Auch wenn ich sie schon kannte, die ganze Geschichte machte mich so wütend. Solche Typen machten mich wütend.

»Ich hoffe, es gibt nichts mehr, was du mir verschwiegen hast!«, sagte die Lehrerin, als wir bei ihr vor der Haustür standen. Sie hatte sich bei Canan entschuldigt und gesagt, dass sie alles ihrem Mann erzählen würde. »Damit er ihm endlich mal die Meinung sagt!« Die beiden könnten ihn sowieso nicht leiden. Dieser Mert würde sich dauernd in der Moschee herumtreiben und versuchen, Anhänger zu gewinnen. Er hätte sich bei ihnen immer selbst eingeladen und sie mit seinem fanatischen Blödsinn genervt. Und nur weil er Gast war, hätten sie nie etwas gesagt.

Das kannte ich. Meine Mutter redete auch immer vom Gastrecht. Nur deswegen hatte ich der blöden Belgin neulich nicht richtig meine Meinung sagen können. Aber Belgin ging ja noch. Was war denn, wenn der Gast so ein Schwein war wie dieser Mert?

»Von jetzt an wird er nie mehr diese Wohnung betreten!«, sagte die Lehrerin und zeigte auf das Haus. »Und in der Moschee wird er gar nichts organisieren. Er hat wohl geglaubt, dass ich bei meinem Vater ein gutes Wort für ihn einlege. Ausgerechnet ich!«

Canan war völlig erstaunt. »Und ich dachte, ihr denkt schlecht über mich, ich meine, dass es an mir liegt, dass er mich die ganze Zeit so angemacht hat!«

Die Lehrerin lachte wieder. Endlich! »Quatsch. Ich denke nie schlecht über dich. Gib uns sofort Bescheid, wenn er dir noch mal zu nahe kommen sollte!«

»Magst du noch mit zu uns kommen?«, fragte Canan mich, nachdem die Lehrerin nach oben gegangen war.

Ich zuckte mit den Schultern. »Weiß nicht.« Ich wusste wirklich nicht. Alles war so anders. Alles hatte sich verändert. Es war so viel passiert. Ich kam irgendwie nicht mehr mit. »Ich glaube, ich gehe jetzt lieber heim. Ich muss das alles erst mal verdauen.« Na ja. Außerdem war es schon ziemlich spät und ich wollte die Geduld meiner Eltern nicht überstrapazieren. Bevor sie noch auf die Idee kamen, mir Hausarrest zu geben. Das konnte ich jetzt gar nicht gebrauchen.

»Ja, klar.« Canan nickte. »Es war wirklich ganz schön auf-
regend«, sagte sie.

Wir gingen noch ein Stück zusammen.

»Sehen wir uns am Montag in der Schule?«

»Ja«, sagte Canan. »Klar!«

Wir trennten uns.

Auf stumm gestellt

Oje. Das war nicht gut. Meine Eltern und Erdem saßen schon am Tisch. Ich schaute auf die Uhr. Na ja. So spät war ich nun auch wieder nicht. Trotzdem. Nach unserer kleinen Kopftuchdebatte am Vortag machte ich mich auf eine Standpauke gefasst. Meine Eltern waren im Moment empfindlicher als sonst. Während ich meinen Mantel und meine Schuhe auszog, versuchte ich die Stimmung auszuloten. Es war still. Das war schwierig. War die Stimmung angespannt oder war nur gerade eine Gesprächspause?

»Sinem, beeil dich, das Essen wird kalt!«, rief meine Mutter, als sie gerade aufstand, um etwas aus der Küche zu holen.

Das hörte sich gut an. »Ja-ha, ich komme!«, rief ich extra gut gelaunt. Als ich mich dann an den Tisch setzte, sahen mich meine Eltern prüfend an, sagten aber nichts. Zum Glück. Unterwegs hatte ich gebetet, dass meine Mutter mich nicht fragen sollte, wie das Gespräch zwischen Canan und mir gelaufen sei. Sie hätte bestimmt tausend Fragen gestellt und mein Vater auch, zumal er noch von gar nichts wusste. Nach dieser seltsamen Woche brauchte ich dringend Ruhe und freute mich nur noch aufs Wochenende. Und natürlich auf ein leckeres gemeinsames Abendessen.

Vielleicht fragte meine Mutter nichts über Canan, weil sie gespannt war, was wir sagen würden. Sie hatte nämlich heute gekocht. Etwas ganz Besonderes. Wow! Es gab drei Vorspeisen zum Dippen und zum Hauptgericht handgemachte *Mantı*. Komisch, die Fastenzeit begann doch erst in vier Tagen. Außer zu besonderen Anlässen wurde nur im Ramadan so etwas Aufwändiges gekocht. Zum *Iftar*. Obwohl bei uns nur meine Mutter fastete. Mein Vater wollte sie dann immer verwöhnen und probierte sämtliche Rezepte aus alten türkischen Kochbüchern aus.

»Es gibt keinen Grund, ich bin einfach nur froh, euch zu haben!«, sagte meine Mutter.

Hm? So etwas sagte sie doch nur dann, wenn sie sich über etwas besonders gefreut hatte. So wie gestern, als ich das Kopftuch wieder abgenommen hatte. Ich kaute die Mantı-Stückchen extra lange und ließ sie noch einen Augenblick auf der Zunge liegen, bevor ich sie runterschluckte. Das war so lecker!

Ich wollte mich diesmal nicht beeilen, nur weil Erdem alles wegfraß. Er schlang sie einfach in sich hinein, in seinen gierigen Schlund. Typisch. Ich hatte noch nie verstanden, wie er so das Essen genießen konnte.

Das war schon immer so gewesen. Er war ganz schnell fertig mit seiner Portion und dann gierte er nach meiner, weil ich noch so viel hatte. Er schleimte dann immer herum oder versuchte mich zu bestechen, damit ich ihm etwas abgab. Ich sah es schon kommen. Nein! Diesmal würde ich ihm nichts abgeben, wenn das Mantı alle war. Das nahm ich mir fest vor.

Und was geschah? Nach Erdems drittem Teller war der Topf leer, während ich noch an meiner zweiten Portion aß.

»Mensch, Sinem, du hast in letzter Zeit doch so gut abgenommen. Willst du wirklich deine schöne Figur ruinieren?«

Hatte ich es nicht geahnt? »Vergiss es, Erdem. Lass mich in Ruhe!«

»Bitte! Nur einen Löffel!«

»Gib es auf!«

Mein Vater sprang ein, sagte Erdem, dass er mich in Ruhe essen lassen sollte. Aber danach lachten er und meine Mutter wieder. Wie immer, wenn Erdem und ich uns aufzogen.

»Gut, dann verrate ich dir nicht, wer dich heute Abend zweimal angerufen hat«, sagte Erdem. »Es schien wichtig zu sein!«

»Hör auf mit dem Quatsch«, sagte ich und zog meinen Teller näher heran. »Wenn mich jemand erreichen wollte, hätte er auf meinem Handy angerufen!«

»Hat sie ja«, sagte meine Mutter. »Aber sie sagte, du wärst nicht drangegangen!«

Was? Oh, mein Handy! »Wehe, du rührst mein Mantı an, ich warne dich«, sagte ich zu Erdem und ging schnell in den Flur, wo ich meine Tasche liegen gelassen hatte. Jetzt fiel es mir wieder ein. In der Moschee hatte ich es ja auf stumm gestellt. Aber hatte ich danach den Ton nicht wieder eingeschaltet? Na ja. Nach Canans SMS und dem, was danach passiert war ... Klar, dass ich nicht mehr daran gedacht hatte.

Als ich meine Mutter »Lass das!«, sagen hörte, packte ich gleich die ganze Tasche und ging schnell wieder zurück an den Tisch.

»Hey!« Ich sah gerade noch, wie Erdem seinen Löffel hinlegte. Er versuchte, unauffällig zu kauen, aber sein Mund war so voll, das ging gar nicht. »Das ist meins. Du hattest doch schon drei Teller!«, sagte ich. Wie der es schaffte, so schlank zu bleiben? Vielfraß! Mit einer Hand wühlte ich in meiner Tasche, mit der anderen versuchte ich weiterzuessen. Endlich. Mein Handy. Es war tatsächlich noch auf lautlos gestellt. Drei entgangene Anrufe zeigte es an. Mein Gott! Ich legte meinen Löffel hin. Meli! Sie waren von Meli! Mit ihr hatte ich am allerwenigsten gerechnet.

»Was hat sie gesagt?«, fragte ich meine Mutter.

»Wir haben nicht viel geredet«, sagte sie. »Frag Erdem. Er hat zweimal mit ihr gesprochen.«

»Los, sag schon, bitte!« Ich übergab Erdem meinen ganzen Teller, aber aus dem, was er erzählte, wurde ich nicht schlau. Sie müsse unbedingt mit mir reden und ich solle sie bitte zurückrufen, wenn ich wieder da wäre. Ach? – Jetzt auf einmal!

Im ersten Moment, als ich gesehen hatte, dass die Anrufe von Meli waren, wollte ich aufspringen, in mein Zimmer rennen und sie gleich anrufen. Aber – nein! Sie sprang ja mit mir um, als wäre ich eine Marionette. Mal so, mal so. Wie sie gerade Lust hatte. Nein, das konnte ich nicht mit mir machen lassen. Pech! Ich schaute zu Erdem. Das Mantı war weg. Für nichts. Ich dippte noch ein bisschen in den Vorspeisen herum.

Was wollte Meli mir unbedingt sagen? Was konnte das schon sein? Ich dachte daran, wie sie mich die ganze Zeit behandelt hatte, wie sie sich einfach umgedreht hatte und ins Kino gegangen war, als Tom mich so mies angemacht hatte. Aber dass sie mir gestern in die Augen geschaut und sich dann einfach zu Julia gesetzt hatte, das hatte mich am meisten verletzt. Das konnte ich nicht so leicht vergessen.

Nein. Sie sollte mich in Ruhe lassen.

Ich hatte mich gerade damit abgefunden, dass ich mich in ihr geirrt hatte. Und jetzt? Jetzt rief sie einfach an. Das Ganze ärgerte mich so. Das ließ mir keine Ruhe. Was war denn so wichtig? Wie wollte sie ihr verräterisches Verhalten denn erklären? Wollte sie das überhaupt? Ich wusste nicht, sollte ich vielleicht doch anrufen? Ich meine, wenn sie sich wieder so blöd anstellte, konnte ich doch immer noch auflegen. Außerdem konnte ich ihr endlich mal meine Meinung sagen.

»Hey, du könntest ruhig auch mithelfen!« Ich schreckte auf. Erdem hatte schon fast den ganzen Tisch abgeräumt. Das war eigentlich die Aufgabe von uns beiden.

»Mach das alleine!«, fauchte ich Erdem an. »Das hilft dir, mein Essen zu verdauen. Blödmann!« Ich packte meine Tasche und mein Handy, ging hoch in mein Zimmer.

»Selber! Blöde Zicke!«, hörte ich Erdem noch rufen.

Ich schloss die Tür ab und warf mich aufs Bett. Sollte ich? Sollte ich? Ich drückte auf »wählen«. Es klingelte. Ich versuchte, nicht nachzudenken.

»Hallo? Sinem?«

Zu spät. Jetzt konnte ich nicht mehr auflegen. Ich schwieg.

»Ja, ich bin's«, sagte ich dann doch.

»Sinem!«

Melis Stimme! Sie war so fröhlich, so vertraut! Trotzdem versuchte ich, so cool wie möglich zu klingen. »Du hast angerufen?«

»Ja, ich, ich wollte … Erst mal wollte ich dir sagen, dass Canan wieder da ist. Ich war heute Nachmittag mal wieder in der Zeitungs-AG. Frau Müller hat erzählt, dass die Eltern angerufen hätten. Ihr würde es gut gehen, weißt du. Sie kommt am Montag wieder!«

»Ich weiß!«

»Ach so« Melis Stimme veränderte sich, klang auf einmal irgendwie enttäuscht. »Ja klar. Hätte ich mir ja eigentlich denken können.«

Das reichte! Ich wurde sauer. Dachte sie jetzt auch schon so wie Tom? »Was meinst du damit? Was willst du eigentlich?«

»Warst sicher wieder bei ihr. Wie neulich. Jetzt, wo du da ein und aus gehst. Klar, da erfährst du so was doch aus erster Hand!«

»Sag mal, was soll denn das? Seit Dienstag spinnst du herum! Du bist so anders geworden!«

»Das musst du gerade sagen!«

»Wieso? Nur weil ich ein Kopftuch getragen habe?«

»Typisch! Darauf hätte ich gleich kommen sollen, dass du so denkst. Deswegen habe ich ja angerufen. Julia hat mich darauf gebracht.«

Na toll! Jetzt redete sie schon mit Julia über mich! »Worauf hat sie dich gebracht?«

»Na, dass du denkst, ich hätte was gegen Kopftücher oder so!«

Ja und? Das stimmte doch auch. Jetzt tat sie auf einmal so scheinheilig. »Was hätte ich denn sonst denken sollen?«, fuhr ich Meli an. »Du hast mich im Stich gelassen, als das mit Tom war. Und dann in der Schule, da hast du dich einfach weggesetzt! Zu Julia!«

»Mensch, Sinem, kapierst du denn gar nichts? Du kannst

meinetwegen einen schwarzen Schleier tragen oder was weiß ich.«

»Was?« Was redete sie da für einen Blödsinn?

»Na ja. Schön fänd ich's nicht, aber das wäre mir völlig egal.« Meli drückste herum. »Ich war doch nur – nur sauer, weil du dich auf einmal nur noch für Canan interessiert hast!«

»Hab ich doch gar nicht!«, sagte ich leise.

»Doch!« Meli holte Luft. »Erst dachte ich, du hast nur Schuldgefühle, aber dann … du hast ja nur noch von ihr geredet und dann wurdest du auf einmal auch noch wie sie, da …«

In dem Augenblick, in dem Meli das sagte, fiel mir ein Stein vom Herzen. Jetzt kapierte ich es! Wie dumm von mir! Warum war ich nicht gleich darauf gekommen? Wohl, weil Eifersucht nie ein Thema zwischen uns gewesen war. Warum gerade bei Canan? Es dauerte nicht lange, da gab Meli zu, dass es auch dumm von ihr gewesen war, so gedacht zu haben. Ich sagte Meli, dass sie immer meine beste Freundin bleiben würde. Immer. Daran konnte niemand etwas ändern. Niemand!

Epilog

»Willst du nicht lieber noch einen Pulli einpacken?«

»Mama! Ich bleibe doch nur zwei Wochen.«

O Mann! Warum habe ich meinen Koffer nicht schon am Abend gepackt? Jetzt mischt sich meine Mutter schon den ganzen Morgen ein. Ich musste ihn schon zwei Mal ausräumen, weil sie meinte, dass ich ihn noch viel platzsparender packen könnte. Na ja. Ich muss zugeben, sie hatte recht. Jetzt kann ich noch ein zweites Buch mitnehmen. Ich meine, vielleicht brauche ich es ja. Vielleicht wird es echt ätzend oder zumindest total langweilig, dann kann ich mich zurückziehen, sagen, dass ich die Bücher unbedingt für die Schule lesen müsste.

Meine Eltern machen sich Sorgen. Sie haben mich bestimmt schon fünfzigmal gefragt, ob ich mir wirklich sicher sei. So richtig gern lassen sie mich nicht gehen. Ich habe ganz schön lange gebraucht, bis ich sie überreden konnte.

»Der Koffer ist sehr schwer geworden! Komm, lass mich dich zum Flughafen fahren. Es ist wirklich kein Problem!«

»Papa! Wir haben das doch schon so oft besprochen. Ich möchte die Reise ganz allein machen. Von Anfang an. Bitte!«

Mein Vater ist beleidigt. Das sehe ich ihm an, obwohl er sagt, dass er mich versteht. Der Abschied dauert lange.

»Pass auf dich auf, mein Seidenhaar«, sagt mein Vater.

»Ruf uns an, wenn du gelandet bist, mein Schatz!«, sagt meine Mutter.

Immer wieder küssen und umarmen wir uns. Wir winken

uns zu bis zur Straßenecke. Endlich. Meine Reise hat begonnen.

Zum Glück hat mein Koffer Rollen, sonst hätte ich es tatsächlich nicht geschafft. Er ist zwar klein, aber er ist wirklich sehr schwer geworden. Die Rollen machen ganz schön viel Lärm auf den Pflastersteinen. Aber gleich an der Hauptstraße wird man nichts mehr hören. Ab einem bestimmten Punkt stürzt der Autolärm immer auf einen ein. Ich kenne den Punkt ganz genau. Gleich bin ich da und dann, dann ist es nicht mehr weit bis zur S-Bahn. Dann geht es wirklich los.

Mist! Ausgerechnet heute! Warum ist gerade heute die Rolltreppe defekt? Jetzt muss ich den Koffer doch noch schleppen. Die steilen Treppen hoch zum Bahnsteig. Puh! Niemand hilft. Im Gegenteil, sie rempeln mich alle an. Alle wollen nach oben, so schnell wie möglich oben sein. Als wäre es ein Wettrennen. Nur die Alten und ich, wir können nicht so schnell. Am Ende schleife ich meinen Koffer nur noch über die Stufen. Geschafft. Oben.

Wieder einmal ist die S-Bahn überfüllt. Ich steige ein. Ich muss, sonst komme ich zu spät. Iih! Wie das stinkt! Die Scheiben sind beschlagen. Es ist feucht und warm. Ich möchte die verbrauchte Luft hier gar nicht einatmen. Ich ziehe mir meinen Schal über die Nase. Ich weiß, gleich merke ich es nicht mehr. Gleich hat sich meine Nase an den Mief gewöhnt. Die S-Bahn ist überheizt und alle haben dicke Jacken an, aber keiner macht ein Fenster auf. Ich spüre, wie mir der Schweiß den Rücken herunterrinnt. Na super. Jetzt beginne ich meine Reise völlig verschwitzt. Ich verstehe es nicht, ist denn nicht allen warm?

Ein paar wenigen anscheinend schon. Die haben einen Sitzplatz. Die Sorte kenne ich. Das sind welche, die ziehen sich die Jacke aus, stopfen den Schal in den Jackenarm und hängen sie sogar auf. Den ganzen Aufwand tun sie sich wirklich an. Für drei Stationen. Und nach der zweiten, da fangen sie an, sich wieder anzuziehen. Aber das Fenster öffnen sie nicht. Die spinnen doch total.

Ach, was soll's. Jetzt merke ich wenigstens den Mief nicht mehr. Ich lasse meinen Schal wieder sinken und versuche, mich etwas zu drehen. Ich würde auch gerne sitzen. Es ist so eng. Ich stehe zusammengedrückt an der Tür. Und vor mir, da steht einer von den Leuten, die ihren Rucksack nie abnehmen können. Ein Riese. Er unterhält sich mit jemandem, der vor ihm steht. Den kann ich nicht sehen, aber ich höre ihn auch nicht. Er sagt nichts. Der Riese redet auf ihn ein, fuchtelt mit den Armen hin und her. Und ich? Ich muss seinem Rucksack ausweichen, aufpassen, dass ich keine gewischt bekomme.

Ich quetsche meinen Koffer zwischen uns, damit er wenigstens ein bisschen Abstand hält. Die S-Bahn bleibt stehen. Die Tür geht auf. O Gott! Ich werde an den Riesen gepresst, der sich gerade gedreht hat. Er will aussteigen. Ich rieche seinen Atem. Bäh! So habe ich mir das nicht vorgestellt. Hätte ich mich doch lieber von meinem Vater fahren lassen.

»Moment! Ich lasse Sie schon raus«, sage ich.

Ich muss aussteigen, damit der Riese und all die anderen Leute rauskönnen. Als ich wieder einsteige, werde ich in die Mitte des Wagens gedrückt. Jetzt kann ich mich nicht mehr festhalten. Ich halte mich am Griff von meinem

Koffer fest. Eigentlich kann ich gar nicht fallen. Die Leute um mich herum würden das verhindern, aber ich mag mich nicht an sie lehnen. Das ist mir alles zu eng hier. Ob es in London auch so ist? So eng? Bestimmt. Vielleicht noch schlimmer. Trotzdem. Ich bin so froh, dass ich hier mal rauskomme. Ich fühle mich so eingeengt. Von allem. Von zu Hause, von der Schule, von dieser Stadt, von den Menschen hier. Ich bin ja fast nur noch am Lernen, seitdem ich in der Oberstufe bin. Und meine Eltern?

»Du wirst immer unser Kleines bleiben, egal wie alt du bist«, sagt mein Vater immer. Ob er das auch noch sagt, wenn ich nächstes Jahr achtzehn werde?

Jetzt wird es ernst. Mein erster Flug alleine. Nein, meine erste Reise alleine. Ich meine, ich war schon oft weg ohne meine Eltern, auf Klassenfahrt und so. Aber jetzt. Jetzt bin ich ganz alleine und irgendwie bin ich schon aufgeregt. Die Stewardess zeigt mir, in welcher Reihe ich sitze. Ich muss warten, bis die Leute vor mir all ihre Taschen, Tüten und Jacken verstaut haben. Die schreckliche S-Bahn-Fahrt habe ich überlebt. Bis hierher, zum Flughafen, blieb die Bahn voll. Ich konnte mich nicht setzen. Na ja. Zum Glück sitze ich hier gut, ziemlich in der Mitte. Im Flugzeug sitze ich am liebsten in der Mitte, weil man nie vorher weiß, wo die Stewardessen anfangen, das Essen zu verteilen. Vorne oder hinten? In der Mitte muss man nicht so lange warten, wie wenn man am falschen Ende sitzt. Mein Magen zieht sich zusammen. Ich habe einen riesigen Hunger, habe nicht mal gefrühstückt. Und jetzt ist es schon fast Mittag.

Wie gut, dass ich einen Fensterplatz habe. Ich schnalle

mich an. Meine Reise scheint jetzt doch wieder unter einem guten Stern zu stehen. Die Luft ist sauber hier. Und es ist weder warm noch kalt. Außerdem scheint das Flugzeug ziemlich leer zu sein. Hoffentlich bleibt das auch so. Ich meine, hoffentlich setzt sich niemand neben mich. Dann kann ich meine Jacke und mein Buch auf dem Sitz neben mir liegen lassen.

»Entschuldigung?«

O nein! Ich nehme alles zurück. Ausgerechnet die muss neben mir sitzen. Die war mir schon im Wartesaal aufgefallen. Sie hat jeden angequatscht, der sich neben sie gesetzt hat. Ich versuche zu lächeln, aber eigentlich verziehe ich mein Gesicht. Ich stehe auf und quetsche meine Jacke oben zu meinem Koffer.

»Danke sehr«, sagt die Frau.

Sie muss so alt sein wie meine Mutter. Nur ist sie viel dicker. Na ja. Sonst sieht sie auch nicht so aus wie sie. Die Frau hat kurze rötliche Haare und trägt eine runde Brille. Sie lächelt mich an und nimmt gleich die Lehne zwischen uns in Beschlag. Toll! Okay. Ich schaue aus dem Fenster, drehe ihr fast den Rücken zu. Hoffentlich kapiert sie es.

»Fliegst du auch nach London?«

Nein. Wohin denn sonst? Ich reagiere nicht. Ich tue einfach so, als hätte ich sie nicht gehört. Sie tippt mich an. O Mann!

»Fliegst du auch nach London?«

»Was? Ach so. Ja klar!«

»Hach, ich bin so aufgeregt! Ich war noch nie dort! Du?«

»Nein, auch noch nicht!« Was soll ich tun, bevor es zu spät ist? Bevor sie daraus ein Gespräch macht, das den ganzen Flug lang dauert? Genau! Ich greife nach meinem Buch, obwohl ich jetzt noch gar keine Lust habe zu lesen. Immerhin. Es hilft. Sie sagt nichts mehr.

Das Flugzeug startet. Im Raum verteilt sich Kerosingeruch. Ich versuche nicht hochzusehen, tue so, als ob ich lese. Die Frau fächert sich Luft zu, atmet laut ein und aus. Ich merke, wie sie immer wieder zu mir herüberschaut. Wie das nervt! Ich möchte mich nicht mit ihr unterhalten. Ganz einfach! Seit ich von zu Hause weg bin, habe ich Pech. Hoffentlich hört das bald auf. Ich möchte meine Reise genießen. Das Flugzeug fährt jetzt immer schneller. Mir wird schlecht. Als es abhebt, werde ich in den Sitz gedrückt. Ich kann nicht anders. Ich muss hochschauen, sonst muss ich mich übergeben. Ich lege das Buch weg. Es ist mir egal.

»Wohnst du in Frankfurt?«

»Ja!«

»Was für schöne Haare du hast. So seidig und so kräftig!«

»Danke!« Na toll. Jetzt kommt sie auf die Tour.

»Und wo kommst du her, ich meine, ursprünglich?«

Mir wird richtig übel. Diese Art Gespräch habe ich schon hundertmal geführt. Sie laufen immer auf die gleiche Weise ab. »Meinen Sie mich oder meine Eltern?

»Ähm, ja, natürlich, deine Eltern.«

Sie lächelt mich so freundlich an – na gut –, ich antworte ihr. »Die kommen aus der Türkei.« Ich sehe aus dem Fenster. Wir sind inzwischen auf Wolkenhöhe.

»Und von wo da?«

»Izmir«, sage ich gelangweilt. Warum passiert das immer mir?

»Ach, Izmir! – Na dann. Ich habe mich schon gefragt, warum du kein Kopftuch trägst.«

Ich reiße die Augen auf. Das muss ich mir nicht anhören! Soll ich? Soll ich ihr meine Meinung sagen? Ich weiß genau, was ich ihr sagen muss. Sie schaut mich mit großen Augen an. Sie hat es nicht bös gemeint. Na klar. Keiner, der so was sagt, meint es bös. Sie denken nur nie nach. Ach, was soll's. Ich habe keine Lust auf eine Diskussion. Ich will meine Ruhe. Ich schließe die Augen. Soll sie doch denken, was sie will. Ausgerechnet heute. Ich meine, ausgerechnet auf dieser Reise erinnert mich diese Quasselstrippe an das Thema. Ich muss an Canan denken. Ich habe sie lange nicht mehr gesehen. Sie sind umgezogen. Ich weiß nur, dass sie ihr Abi machen und auf jeden Fall Lehramt studieren will. Was sie dann mit ihrem Kopftuch macht? Keine Ahnung.

»Was möchten Sie trinken?«

»Eine Cola bitte!«

Endlich! Essen. Ich habe es kaum noch ausgehalten. Die Frau nimmt der Stewardess das Tablett ab und reicht es mir. Sie lächelt mich immer noch an. Ach, sie ist eigentlich ganz nett. Ich meine, vielleicht hatte sie ja nur Flugangst und musste deswegen so viel reden? Und das mit dem Kopftuch – sie ist ja nicht die Einzige, die so denkt. Die Leute können sich einfach nicht vorstellen, dass Muslime genauso sind wie andere Menschen auch. Mal mehr, mal weniger gläubig, mal gar nicht.

Ich lächle zurück, sage ganz freundlich »Danke«. Ich packe mein Sandwich aus und die Serviette, verstaue den

Müll unter dem Tablett. Das Brot ist ziemlich weich, fast glibberig. Womit es wohl belegt ist? Ich schaue nach. Na ja. Käse und Ei. Macht nichts, ich könnte jetzt alles essen. Es schmeckt noch nicht mal schlecht und ich esse tatsächlich alles auf. Die Frau hat nicht aufgegessen, obwohl sie so dick ist. Ich komme mir ziemlich verfressen vor. Vor allem als sie mir ihren Nachtisch anbietet. Irgendwie ist mir das peinlich, aber ich kann nicht ablehnen. Was soll's. Nach zwei Schokoriegeln geht es mir viel besser. Jetzt freue ich mich richtig auf London. Jetzt ist es auch nicht mehr schlimm, dass ich mich mit der Frau unterhalten muss.

»Wie lange bleibst du dort?«, fragt sie. »Ich meine, in London?«

»Zwei Wochen. Ich besuche einen Englischkurs.«

Lange können wir uns ohnehin nicht mehr unterhalten. Der Pilot hat eben durchgegeben, dass wir uns im Landeanflug befinden. Ich muss an meine Eltern denken. Ich darf nicht vergessen, ihnen gleich eine SMS zu schicken. Sie machen sich sonst noch mehr Sorgen. Sie denken wohl, dass ich mit einem schwarzen Schleier zurückkomme. Na ja, zugegeben, ganz so wohl fühle ich mich auch nicht. Aber, was soll schon passieren? Ich meine, wann komme ich denn schon mal nach London?

Ich möchte mein Englisch verbessern. Das ist das Wichtigste. Das ist zwar auch Lernen, aber es wird mir sicher Spaß machen und ich werde bestimmt neue Leute kennenlernen. Und wenn ich schon mal eine Cousine in England habe … Ich meine, sie hat sich sogar gefreut, als ich sie gefragt habe, ob ich bei ihr wohnen kann. Ach – es wird schon sicher schön werden. Ich werde sie ja auch kaum sehen, nur abends. Und außerdem kann Belgin denken, was sie will. Sie wird mich nicht mehr aufregen können wie vor zwei Jahren, als ich sie das erste Mal gesehen habe. Vielleicht hat sie sich ja auch verändert?

Anhang

Meli sagte früher immer, Türkisch würde sich komisch anhören. Ich erklärte ihr, dass es daran liegt, dass sie die Wörter völlig falsch ausspricht. Meinen Namen zum Beispiel. Sie brauchte lange, bis sie nicht mehr Sinem sagte. Heute weiß sie nicht nur, dass sie immer die letzte Silbe betonen muss und dass ich ßi-nämm heiße, sondern sie kann auch alle anderen türkischen Namen, zum Beispiel Dscha-nann Samm-back oder auch All-bei-rrack, Arr-su, Ä-liff, Ärr-dämm, Ärr-doh-ann, Bäll-ginn, Bä-tüll, Dschann, Dschä-mi-lä, Ei-schä, Fa-tich, Ha-li-mä, Ha-ti-dschä, Hüll-ya, Ya-ßä-minn, Ka-ya, Märrt, Mu-rratt, Rra-na usw., richtig aussprechen.

Glossar

Einmal meldete ich mich mit Meli ausnahmsweise freiwillig für ein Referat zum Thema Islam. Nicht weil ich selbst Muslimin bin, sondern weil mich das Thema interessierte und ich mehr wissen wollte. Vieles von dem, was wir recherchierten, wusste ich vorher noch nicht. Na ja, nicht so genau. Jedenfalls habe ich hier einiges aus unserem Referat übernommen:

Schwarze Fatma ist die wörtliche Übersetzung von *karafatma (ka-rra-fatt-ma),* was eigentlich Kakerlake bedeutet.
Rosenkranz: Die von Muslimen verwendete Version des Rosenkranzes heißt auf Türkisch *tespih (täss-pich).* Nach dem Gebet auf dem Teppich wird Gott noch mal besonders gepriesen. Weil dabei bestimmte Gebete und Formeln in einer bestimmten Anzahl wiederholt werden, benutzen manche die Zählkette als Hilfsmittel, damit sie sich auf das Gebet konzen-

trieren können und nicht mitzählen müssen. Ich habe mal gelesen, dass die Gebetskette ursprünglich vom Buddhismus kommt. Jedenfalls gibt es sie in vielen Religionen. Unterschiedlich sind eigentlich nur die Anzahl der Perlen und natürlich auch die Gebete. Ein *tespih* hat entweder 33 oder 99 Perlen.

Gebetsrichtung: *kıble (kebb-lä)*. Muslime beten in Richtung der *Kaaba [kabe (ka-bä)]*. Das ist ein Gebäude in *Mekka [Mekke (mäck-kä)]*, das als zentrales Heiligtum verehrt wird. Im Inneren befindet sich ein schwarzer Stein, der nach islamischer Überlieferung *Abraham [İbrahim (ibb-rra-himm)]* von Gott durch den Erzengel *Gabriel [Cebrail (dschäbb-rra-ill)]* aus dem Paradies gesandt wurde. Mekka ist die Geburtsstadt des Propheten *Mohammed [Muhammet/Muhammed (mu-hamm-mätt)]* und liegt in Saudi-Arabien.

Gott: Viele denken, *Allah (all-lach)* sei der islamische Name Gottes oder sogar der islamische Gott. Allah ist kein Name, sondern bedeutet *der Gott*.

Ramadan: *Ramazan (rra-ma-sann)* ist der neunte Monat im *Hicri-Kalender (hitt-dschrri)*, in dem auch alljährlich gefastet wird. Die islamische Zeitrechnung beginnt mit der Auswanderung Mohammeds aus Mekka und richtet sich nach dem Mond. Da das Mondjahr kürzer ist als das Sonnenjahr, verschiebt sich der Fastenmonat jedes Jahr um circa elf Tage. Am leichtesten ist es, wenn der Ramadan in den Winter fällt. Dann geht die Sonne früher unter und man muss nicht so lange fasten wie im Sommer.

Fundi ist meine Abkürzung für *Fundamentalist(in)*. Damit meine ich sowohl Islamisten als auch muslimische Radikale, also alle, die extreme oder radikale Ansichten vertreten.

Tante: *teyze (täyy-sä)*. So spricht man oft nicht verwandte Frauen an, die wesentlich älter sind als man selbst.

mein Seidenhaar: *ipek saçlım (i-päck ßatsch-lemm).* So nennt mich mein Vater immer.

Hodscha: *hoca (ho-dscha)* bedeutet *Vorbeter.*

Hand geben: Manche sehr religiöse Muslime geben Fremden und Nichtverwandten anderen Geschlechts nicht die Hand, allein deswegen, weil zwischen ihnen theoretisch eine sexuelle Beziehung möglich wäre. Das Verhältnis, in dem sie zueinander stehen, nennt man *na-mahrem (na-mach-rrämm).*

Vah, vah! *(wach wach):* klagender Ausruf.

Kölnisch Wasser: *kolonya (ko-lonn-ya)* wird oft zur Begrüßung und Erfrischung der Besucher in Begleitung von Süßigkeiten gereicht.

Schwester: *abla (abb-la).* Auch nicht verwandte Frauen, die einige Jahre älter sind, aber nicht so sehr, dass man sie Tante oder Oma nennen könnte, spricht man oft so an. Bei Männern sagt man *Bruder [(abi (a-bi)].*

Koran: *kur'an (kurr-ann)* bedeutet ungefähr *die Lesung.* Der Koran ist die heilige Schrift des Islam und gilt als Gottes unmittelbare wörtliche Offenbarung an Mohammed, die ihm durch den Erzengel Gabriel vermittelt wurde.

Fatih *(fa-tich)* bedeutet *Eroberer* oder *Eröffner* und ist der Beiname von *Sultan Mehmet II.,* der 1453 das heutige Istanbul (damals Konstantinopel) eroberte und damit das Byzantinische Reich beendete. Fatih ist aber auch ein *männlicher Vorname.*

Abdest *(ab-dässt)* ist die *rituelle Waschung vor dem Gebet.*

Hocam *(ho-dschamm):* So spricht man in der Türkei oft auch Lehrerinnen und Lehrer an, obwohl die ursprüngliche Bedeutung von Hodscha Vorbeter ist. Hocam bedeutet *mein(e) Ho-dscha* bzw. *mein(e) Lehrer(in).*

Nefis *(nä-fiss)* oder *nefs (näffss)* kommt aus dem Arabischen und heißt dort *nafs.* Es bedeutet in etwa *die Seele, das Ich, das*

Selbst oder *das Ego.* Meist wird es in der Aussage, *sein Ego bzw. sein Verlangen, seine Begierden, seinen Stolz oder seine Instinkte beherrschen [nefsine hakim olmak (näff-ßi-nä ha-kimm oll-mack)],* gebraucht. In diesem Zusammenhang steht zum Beispiel auch das Fasten.

Elifba *(ä-liff-ba)* ist ein Übungsheft, mit dem man das arabische Alphabet kennen- und den Koran lesen lernt.

Elham (äll-hamm) wird oft im alltäglichen Sprachgebrauch die erste von 114 *Suren [sure (ßu-rrä)]* – das sind Koranabschnitte – genannt. *El Fatiha (äll fa-ti-ha),* der eigentliche Name, bedeutet in etwa *die Eröffnende, der Schlüssel* oder *der Eroberer. El Fatiha* ist auch das Signal des Vorbeters an die Gemeinde, eine Reihe von Gebeten mit dieser Sure abzuschließen.

Arabisches Alphabet *(ä-liff, bä, tä, ßä, dschimm, ha, che, dall, säll, rre, sä, ßinn, schenn, ßatt, datt, te, se, a-yenn, ga-yenn, fä, kaff, keff, lamm, mimm, nunn, waww, hä, lahm-ä-liff, yä).* Etwa so werden die arabischen Buchstaben ins Türkische umgesetzt.

Lâmelif *(lahm-ä-liff)* ist eine Ligatur. Das heißt, wenn die Buchstaben *Lam* (ل) und *Elif* (ا) nebeneinanderstehen, wird ein neues Zeichen daraus: لا.

Bismillahirrahmanirrahim *(biss-mill-la-hirr-rrach-ma-nirr-rra-chim).* Am Anfang eines Gebets wird immer diese *Eröffnungsformel* gesprochen. Es wird *besmele (bäss-mä-lä)* genannt und steht im Koran vor 113 der insgesamt 114 Suren. Es bedeutet etwa: *Im Namen des barmherzigen und gnädigen Gottes* oder *Im Namen Gottes, des Erbarmers, des Barmherzigen.* Manche sagen diese Formel vor jeder Handlung auf, damit sie ihnen gelingt, oder um die Handlung zu segnen.

Mevlid *(mäww-litt)* bedeutet *Geburt. Mevlid Kandili (mäww-litt kann-di-li)* ist der *Geburtstag des Propheten Mohammed.*

Mevlid nennt man auch *Gedichte,* die den Propheten preisen und seine Geburt schildern. Es ist Brauch, bei Geburt oder Tod zusammenzukommen und gemeinsam zu beten und dabei mevlids zu rezitieren.

Hoca hanım: *(ho-dscha ha-nemm)* bedeutet *Frau Hodscha.*

Eische: Richtig wird der Name so geschrieben: Ayşe (ei-schä).

Scharia: *şeriat (schä-rri-yatt)* bedeutet wörtlich ungefähr *der Weg.* Dieser Weg soll die Einheit von Glauben und Handeln ermöglichen. Um Fragen des religiösen Lebens zu klären, werden der Scharia vier Quellen zugrunde gelegt. Das ist zum einen der Koran, die Sunna, Idschma und Qiyas. *Sunna [sünnet (sünn-nätt)]* nennt man die *Sammlung von Hadithen.* Die *Hadithen [hadis (ha-diss)]* sind Überlieferungen über Mohammed und seine Lebenspraxis, also über seine Äußerungen und Handlungen. *Idschma [icma (idsch-ma)]* ist der Konsens der islamischen Rechtsgelehrten. *Qiyas [kıyas (ke-yass)]* bedeutet etwa *vergleichen* oder *messen.* Bei neu auftretenden Fällen, bei denen man sich auf keine der ersten drei Quellen berufen kann, vergleicht man diese mit älteren Fällen und versucht, anhand von Analogieschlüssen zu einem Ergebnis zu kommen. Ich habe gelesen, dass die Scharia deswegen kein abgeschlossenes, sondern ein dynamisches System ist, das sich an neue Gegebenheiten anpasst. Obwohl sich die verschiedenen Rechtsschulen, die sich im Laufe der Zeit durchsetzten, in den Grundfragen einig sind, weichen sie in vielen Einzelfragen voneinander ab. Daher, so heißt es, gibt es keine allgemeingültige internationale Scharia. Das erkennt man auch an der unterschiedlichen Auffassung und Umsetzung der Scharia in den verschiedenen Ländern.

Euzubillahimineşşeytanirracim *(ä-u-su-bill-la-hi-mi-näsch-schäyy-ta-nirr-rra-dschimm):* Die Eröffnungsformel wird manchmal um diese Aussage am Anfang ergänzt. Sie bedeutet ungefähr: *Von dem gesteinigten und verjagten Teufel wende ich mich ab und suche Zuflucht bei Gott.*

Allahumme salli âlâ seyyidina Muhammedi-ninnebiyyi ümmiyyi ve ala alihi ve sahbihi ve sellim *(all-la-humm-mä ßall-li a-la ßä-yi-di-na mu-hamm-mä-di-ninn-nä-bi-yi ümm-mi-yi wä a-la a-li-hi wä ßach-bi-hi wä ßäll-lim)* ist eine Version verschiedener Formeln zur Huldigung des *Propheten [salavat (ßa-la-watt)],* die oft gesungen vorgetragen werden.

İlahi *(i-la-hi)* ist ein religiöses Lied.

Yunus Emre *(yu-nuss ämm-rrä)* war ein bedeutender türkischer *Mystiker und Dichter,* der Mitte des 13. Jahrhunderts lebte.

Hülya-Platz: 1993 wurde in Solingen von Neonazis ein Brandanschlag auf eine türkische Familie verübt. Vier Menschen kamen dabei um. Darunter auch die neunjährige *Hülya Genç (hüll-ya gänntsch).* Am Ende der Leipziger Straße in Frankfurt am Main wurde zum Gedenken an die Opfer ein kleiner Platz nach ihr benannt.

Opferfest: *kurban bayramı (kurr-bann bei-rra-me).* Der Prophet *Abraham [İbrahim (ibb-rra-himm)]* wünschte sich einen Sohn. Dafür versprach er Gott, dass er ihm das opfern werde, was ihm am liebsten sei. Als Ismael *[İsmail (iss-ma-ill)]* geboren wurde, war sein Sohn natürlich das Liebste für ihn. Eines Nachts, im Traum, verlangte Gott von Abraham, dass er nun sein Gelübde einlösen solle. Da Abraham sein Wort halten wollte und sich entschied, seinen Sohn schweren Herzens zu opfern, ließ Gott das Messer stumpf werden und sandte Abraham einen Widder. Der Engel verkündete, dass Gott Erbarmen habe und Abraham den Widder anstelle seines Sohnes opfern dürfe, um sein Wort zu halten. Auf diese Geschichte geht das Opferfest zurück, das einmal im Jahr gefeiert wird. So hat es mir jedenfalls meine Mutter erzählt. Übrigens: Nach jüdischem und christlichem Glauben ging es um Isaak *[İshak (iss-hack)]* und nicht um Ismael. Aber die Geschichte ist fast dieselbe.

Allahu ekber *(all-la-hu äck-bärr)*. Den Ausdruck nennt man *tekbir (täck-birr)*. Er bedeutet, *Gott ist größer (als alles andere)*, und wird zu verschiedenen Anlässen verwendet, zum Beispiel zu Beginn des *ezan (ä-sann)*, das ist der *Ruf des Muezzins*, oder während des Gebets auf dem Teppich.

Börek *(bö-rräck)* ist ein aus mehreren dünnen Teigschichten hergestelltes Gebäck, das zum Beispiel mit Schafskäse, Spinat oder Hackfleisch gefüllt wird.

Mantı *(mann-te)* sind kleine, aufwändig hergestellte *Teigtaschen mit Hackfleischfüllung*.

İftar *(iff-tarr)* nennt man das *Abendessen zum Fastenbrechen* im Ramadan. Es findet immer nach Sonnenuntergang statt.